JN286169

撲殺天使ドクロちゃん

おかゆまさき
いらすと●とりしも
でざいん●おぎくぼゆうじ

突然、机の引き出しから飛び出してきた女の子。
その娘の名前は、撲殺天使ドクロちゃん。
彼女は、出会った瞬間に僕を撲殺。
撲殺したと思ったら、
ぴぴるぴるぴるぴぴるぴ～♪
謎の擬音と共に、はい元通り。
彼女って、いったい何!?
──これは、僕とドクロちゃんの愛と涙の血みどろ物語。

草壁桜
この物語の主人公。至って平凡な中学2年生だが、将来とんでもないことを発明する……予定。プリンが大好き。

ドクロちゃん
未来からやってきた天使。
魔法アイテム・撲殺バット「エスカリボルグ」で、
桜くんをいつも撲殺している。桜くんちの居候。
子犬が好き。

サバトちゃん
未来からやってきた天使。魔法のアイテム・超電磁スタンガン「ドゥリンダルテ」を持っている。桜くんをいろんな意味で狙っている。

水上静希
桜くんの幼なじみでクラスメイトでちょっと気になる女の子。成績優秀・品行方正なクラスの人気者。お風呂が大好き。

もくじ

幕間に「家無き子だよ！　サバトちゃん！」も収録してます♥

撲殺天使
ドクロちゃん

撲殺天使だよ！
ドクロちゃん！
第一話

★0★

僕の名前は草壁桜《くさかべさくら》。

自慢じゃ無いですが、成績優秀にて眉《び》目《もく》秀麗《しゅうれい》、完全無欠で将来有望な中学二年生です。

さあ僕を殴《なぐ》って！（もっと！）

そんな僕の唯一の悩みといったらこの名前。

桜なんて女の子みたいな名前だから、ちょっと前までは子供ながら真剣に悩んだものです。

でも、いまではそんなコトちっとも気にならなくなりました。

なぜなら僕の家に、とっても奇妙なお客さんが住み着いたからなのです。


今日も僕は、自分の部屋のふすまをノックしないで開けてしまいました。

ちょっと前まで僕一人の部屋だったから。

部屋の中ではちょうど僕と同じくらいの年齢《ねんれい》の、小柄《こがら》でめちゃめちゃ可愛《かわい》い少女が服を着替えていました。

しかも素敵《すてき》な部分がばっちり見えるアングルで。

「…………！」

「…………！」

お互いが違う理由で絶句したあと絶叫しました。

「いやあああああああああああん!!」

「うわああああああああ!!　ドクロちゃん結構着やせ……！」

僕の叫びは、その少女が突き出した鉄の棘《とげ》がたくさん付いた鋼鉄のバットで中断されました。

彼女が僕の側頭部をその凶器《きょうき》でおもいっきり殴《なぐ》ったのです。

〈ぼぐじゅあああ!!〉という音がして飛び散る脳髄《のうずい》、吹き飛ぶ目玉、地肌を残したままの髪の毛が、だらり、と窓に張り付きました。

彼女はとっても恥ずかしがりやなのです。

「きゃっ……ごめんなさぁい桜くんッ！」

彼女はロリコン親父《おやじ》が聞いたら思わず連れて帰ってしまいたくなるような、そのちっちゃな体格にぴったりのくりくりした可愛らしい声を出して、血塗《ちまみ》れのバットを魔法のステッキのように振り回しました。


ぴぴるぴるぴるぴぴるぴー♪

赤黒く、ところどころ白い僕の肉塊《にくかい》は、すぐさまなにも無くなった首の上へ、魔法のキラメキをまといながら、ビデオの逆巻きみたいに戻ってきました。

「もう……撲殺《ぼくさつ》しないって……今朝約束したばっかりなのに……」

僕は元通りに戻ったほっぺをなでながら言いました。

「桜《さくら》くんがいきなり入ってくるのがわるいだもん！」

ドクロちゃんは左手で胸元を隠《かく》し、鋼鉄のバット振り上げました。

僕は〈スパアン！〉とふすまをしめました。


彼女はある日突然、僕の机の引き出しから現れました。

聞いて驚く無かれ。

実は彼女、未来の世界からやってきた天使なのです。

信じられませんか？　僕は未だに信じていません。

しかし証拠にほら、彼女の頭の上には金のわっか（切れ味は日本刀）。

天使の名前はドクロちゃん。

彼女が構える棘《とげ》付き鋼鉄バット「撲殺《ぼくさつ》バット　エスカリボルグ」。

殴《なぐ》られても絶対死なない（死ねない）不思議アイテム。

彼女のつるつるした背中には昇り竜《りゅう》をバックに「死ぬまで天使」という入れ墨《ずみ》が（お風呂をのぞいた時に発見）。

そんな彼女は好物をどらやきと公言してはばかりません。

なにかを勘《かん》違いしているとしか思えぬこの所行《しょぎょう》、僕の生活はおかげでぼろぼろです。

——これはちっぽけな悩みなんかぶっ飛ばしちゃうような、僕とドクロちゃんの日常を描いた愛と涙の血みどろ物語です。

★1★

微笑むドクロちゃん

場所は日本《にっぽん》、某《ぼう》市の某宅。まあ僕んちなんですけど。なんのへんてつもない中流家庭の畳《たたみ》の部屋に天使（ドクロちゃん）と少年（僕）がいるシーンから物語は始まります。

「ねえ桜《さくら》くん！」

「なに」

「なにやってるの……？」

台所からは今年で三十八になる母が作るカレーの匂《にお》いがただよってきます。時刻は夕暮れ、黄昏《たそがれ》時。

僕は夕ご飯までに台所の隣にあるテレビの部屋で宿題を終わらせる予定です。ちゃぶ台にノートとドリルを広げていると、甘えた声でドクロちゃんが後ろから首に抱《だ》きついてきました。

ドクロちゃんはいつも愛情表現が過激なのです。

パタパタとそのまま昇天しそうです。

そしていつのまにか背中に『わふうん』とか『ぽにょおおん』とかいう具合にドクロちゃんの柔らかい二つの膨《ふく》らみぐぁあああぁぁ！

「み……見てのとおり……宿題だよ……」

もちろん僕の声は震えています。

「えええええええ〜しゅーくーだーい〜!?　ぎゅううううううううううう〜」

「にぎぃえぇえぇえぇゑゑゑゑゑゑゑゑゑゑゑゑッッ！　ドクロちゃん！　首を絞《し》めないで！　喉《のど》仏《ぼとけ》を押さないで死ぬから死ぬからお母さんお母さんお母さん僕ドクロちゃんに絞殺《こうさつ》されてる！」

ドクロちゃんはいつも愛情表現が過激なのです。パタパタとそのまま昇天しそうです。

「どうしていっつも桜くんは宿題するの！」

「は……？」

「ボクがいるのに」

ドクロちゃんは喉から手を離し、意味不明のセリフを吐《は》きながらキラキラした涙目で僕を睨《にら》みます。

「ど、どういうコト？　ドクロちゃん」

僕は鏡で首にできたズキズキする絞痕《こうし》を確かめながら尋ねます。

「ボク、桜くんのところに来るまでにたくさん勉強したんだよ？」

「え、というコトはドクロちゃんが宿題を代わりにやってくれるの？」

「ちがうよ馬鹿《ばか》！」

〈ぴっっ〉という擦過《さっか》音が僕の頭のすぐ横でしました。ツツーっと頬《ほお》から血が流れます。

ドクロちゃんは撲殺《ぼくさつ》バット、エスカリボルグを水平突きしてきたのです。とっさに首を横に倒さなかったら、僕は真《ま》っ赤《か》に咲くところでした。

「資料によると桜《さくら》くんはいつも宿題を忘れて廊下に立たされて、０点ばっかりのはずなのに！」

「ええ!? 僕は０点なんか一回も取ったコトないよ！」

「ほらこれ！」

ドクロちゃんは撲殺バットを振り回し、天使の力で僕の目の前にどさどさと漫画本を呼び出しました。

「これにはそう書いてあるもん！　おしかけられた男の子は決まってダメなはず！」

「ダメなはずって言われても……それは漫画の世界のお話だよドクロちゃん！　たしかにいきなり別世界から女の子が来るお話って、なぜか主人公の男の子は全然さえないヤツが多いかもしれない……」

「うんうん！　そうでしょそうでしょ！　早くいっしょに遊ぼうよ!!　二人でばばぬきとかしりとりしようよ！」

「やだよ！　なんでそんな二人じゃ盛り上がらないものばかりを！」

「ええええ〜〜〜ッ？　じゃあ、『ももひき！』」

「き？　きー、きぃー……って、しりとりはイヤだって言ってるでしょドクロちゃん！　それにこれは現実の世界なんだよ!?　漫画とか小説の世界とは違うんだよ！」

「じゃあどうしろっつうんだよ！」

「いきなり逆切れしないでよドクロちゃん！　ちょっと待ってエスカリボルグで八双《はっそう》の構えしないで！　お願いだから空想と現実を一緒にしないでっていつも言ってるでしょぉぉぉ!!」

「ほむぅぅぅぅぅ……！」

「ほっぺたなんか膨《ふく》らましたってダメだからね」

「いやだよつまんないよぉぉぉ、宿題なんていいから遊ぼうよぉぉぉぉ桜くぅぅぅん！」

そう言ってぱたりとドクロちゃんは畳《たたみ》の上に倒れて、両腕両足を投げ出しました。

「だあもう!!　ドクロちゃん寝ころばないで!!　パンツ丸見えになってるから気になって宿題もできないから！」

「ん……なんで？」

きょとん、とドクロちゃんは上半身を起こします。

「え……」

急に返答に困る僕です。

僕だって中学校二年生の健全な男の子です。

頭の中は一日中、女の子のハダカが乱舞している、三秒に一度はHなコトを考えている思春期まっただ中のどこにでもいる普通の男の子です。

降ってわいたように現れた美少女と同じ部屋で（彼女は何故《なぜ》か押し入れに住んでいるのですが）寝泊まりしている身としてはたまらないものがあります。

そしてこういうドクロちゃんのパンツ丸見えみたいなコトは日常チャメシゴトなのです。

彼女が来てからと言うもの、僕の生活は水面下で大変なコトになっているのです。

でもそんなコトはドクロちゃんは知らないのです。この汚《よご》れきったリビドーまみれの心を全部説明するのに僕の小さいロンリー純情ハートはたえられません。

「…………………」

僕は真《ま》っ赤《か》になってうつむきます。

しかし困ったことに、ドクロちゃんはなにかを思いついたらしく、

「そうなんだ……桜《さくら》くんはこうすると、宿題できないんだ………」

などと言い始めて、そのワンピースをそろそろと引き上げていきます。

ふ……ぶぅあああああ！

「ドクロちゃん……（ごくり）やめなよ……！」

「ええええ〜……」

そろりそろり……と、ワンピースはめくり上げられ、ドクロちゃんの小さく髑髏《どくろ》のプリントがはいったパンツはもちろん丸見え。そして可愛《かわい》らしいおへそが見え、びっくりするぐらい細

い腰があらわになり、そしてそのなめらかな肋骨《ろっこつ》が下から一つ一つ……

は・ぁ・ぁ・ぁ・ぁ・ぁぁぁぁぁぁ…………ぁぁぁぁぁぁぁッ!!

なぜかさっきまでニコニコしていたドクロちゃんの顔が、セツナイ甘《あま》えたような表情になっていきます。

僕の頭の上ではちっちゃくディフォルメ化した「見てはいけない！」と叫ぶ理性の天使と「もっとよく見て……」という誘惑《ゆうわく》の撲殺《ぼくさつ》天使（もちろんドクロちゃん）が、ぱたぱたと回転。

そしてドクロちゃんが隣を飛んでいる理性の天使に気が付き、砂目つぶしで奇襲《きしゅう》して撲殺バット振りかぶった時でした。

「ただいまー」

お父さんが帰って来たのです！

今年で三十九になる父はすぐにこのテレビの部屋に来るでしょう。

もしそうなったら……

それは深夜のエッチなテレビ番組を見ているところを両親に見つかるより酷《ひど》い事件です。

僕はたまらずに叫びました。

「わかったぁぁあ!!　宿題もしないから！　忘れるからドクロちゃんもやめて！」

「やったぁ……！」

ぱさぁあっとドクロちゃんのワンピースが元に戻ったのと、お父さんがふすまを開けたのはほぼ同時でした。

「ただいま桜《さくら》、おや、宿題をしていたのか、偉《えら》いぞ」

「おかえりなさい、おじさま」

「ただいま、ドクロちゃん。しっかり桜の宿題をみてあげてね」

「は〜い！」

ドクロちゃんの天使の力により（現れた札束《さつたば》を見たとたんに）お父さんとお母さんは魔法にかかったように、家族の一員としてすんなりドクロちゃんを受け入れてしまっているのです。

ちなみに今はドクロちゃんは天使の力により、親戚《しんせき》の子を一時的に預かっているという設定になっています。その前は再婚した母方に付いてきた子供という設定でしたが、あまりにも無茶なのでやめさせました。

「じゃあほらそんなもの片づけてテレビでも観《み》ようよ！」

にこにこ顔のドクロちゃんはノートとドリルをけっ飛ばし、僕の隣に座ってテレビをつけたのでした。

……このままでは……このままでは……僕はドクロちゃんに……だめ人間にされてしまう！

　ずぴん、と、灯《あか》りが四角形にともりました。光がこの薄暗い空間をわずかに照らし出します。

　四角形に現れる凄《すさ》まじい映像。

　異相《いそう》の若い男。不敵《ふてき》な表情はピアスだらけ。こっちをのぞき込むように表情をぐりぐりと変えています。そのたびにピンク色のモヒカンヘアーが揺れています。揺れるのも当然です。なんと彼の頭の上には天使のわっかがあって、立ち上がったモヒカンの髪自体を締め付けるように、みっしりとわっかの中にモヒカンヘアー（ピンク）が貫き通っているのですから。

　実はこの男、紛《まぎ》れもない天使で、ドクロちゃんの知り合いなのです。そして彼は、薄暗い空間の中で眠《ねむ》りこけてる天使をようやく見つけました。

『定時連絡ザンスよドクロちゃん!!　……ドクロちゃん？　起きるザンスよドクロちゃん!!』

「ふい……？」

『定時連絡ザンス。ってドクロちゃんほっぺがよだれでがびがびになってるザンス！　みっともないから拭《ふ》くザンスよ早く！』

★2★

雨に濡れて涙を流し続ける
ドクロちゃん

「ううううん……なぁに？」

ドクロちゃんは目をこすり、口元をぬぐいました。

『こっちは少しやっかいなコトになってるザンス。そろそろ〝ルルティエ〟が動き出すらしいザンス。気を付けて欲しいザンス』

「……うん、わかった。ボク、桜《さくら》くんから目を離さないようにする」

ドクロちゃんは姿勢を正しました。

『そうした方が良いザンス。……ドクロちゃん』

「ん？」

『ミィはドクロちゃんを応援してるザンス』

「うん」

『絶対、奴《やつ》らのやり方は間違ってるザンス。がんばろうザンス』

「うん、もちろん」

『ではまたお昼に。なにかあったらすぐ連絡するザンスよ』

「うん。じゃあまたね」

ラップトップ型の汎用《はんよう》通信デバイスをクローズさせ、ドクロちゃんはかび臭《くさ》くじめじめとした押し入れの中で濃いため息をつきました。

「……」

柔《やわ》らかい前髪をくしゃりと指で絡《から》み取り、そのままおでこの上に冷たい手の平を当てるドクロちゃん。

たったったと、階段を上る音。草壁桜《くさかべさくら》くんが自分を呼びに来たみたいです。

「ドクロちゃん。開けていい?」

素早く深呼吸。

「なぁに?」

自分でふすまを開けて、押し入れの上の段から桜くんを見下ろしました。

「朝ご飯だよ降りてきて。今日はドクロちゃんの大好きな美味《おい》しいけどカラダに悪そうな赤いウインナーと昨夜の残りのカレーだよ」

「ねえ桜くん」

「なに?」

「ボク、今日から桜くんと一緒に学校に行くよ」

「……なんだって?」

「ボク、今日から桜くんと一緒に学校へ行くよ」

「……なんだって?」

「ボク、今日から桜くんと一緒に学校へ行くよ」

桜くんは涙目です。

★3★

微笑むドクロちゃん
（使いまわし）

学校に到着して職員室にドクロちゃんを連れていく前に、僕はとっさにドクロちゃんを廊下の陰に引きずり込みました。

「いやん！　桜くんこんなところで、ヒトが……」

「なに言ってるのドクロちゃん！　ちがうよ！　誤解されるようなコト言わないで！」

「なんだつまんない」

怯《おび》えたように震えていたドクロちゃんはあっという間に素《す》に戻ります。

このアマめ、と、僕は思いましたが言いませんでした。学校で血袋《ちぶくろ》になりたくないからです。

「約束して。絶対に学校では誰も撲殺《ぼくさつ》しちゃ、だめ」

「えええええ〜」

不服そうにむくれるドクロちゃん。

「もし誰かを撲殺したら、もう絶交だからね」

「いやあああ〜」

「いやあ〜じゃないでしょ！」

「いやあああ!!」

「ちょっと待って、さっそくエスカリボルグを振り回さごぱッ！」

僕は胸板から顎《あご》にかけての肉と骨を朝の校舎にぶちまけられました。

「あああ！　桜《さくら》くんごめんなさいぃ！」


ぴぴるぴるぴるぴぴるぴ～♪


元通りになりました。

「ドクロちゃんのアホ天使！」

僕はたまらず声をあらげました。

「ひぃ……」

「どんなコトがあっても、絶対に他人を撲殺《ぼくさつ》しちゃだめだからね！」

「でも……」

「でもじゃないでしょ！　もしクラスメイトを撲殺してドクロちゃんが天使だってばれたら大変なコトになるんだよ!?」

『撲殺をしないイコール天使』という公式はいかがなものかという突っ込みをしてください。

さんはい…………………はい、その調子です。

「なんでばれたら大変なの？」

「どうしても！　みんな天使には慣れていないんだから」

「よくわかんないけどおっけー。桜くんがそうしてほしいなら、ボク秘密にする」

ドクロちゃんは親指を立てて、ウインクして見せました。

すげえ勢いで信用できない。

「も、もちろん、天使の不思議な力もつかっちゃだめ」

「うん、天使の力も！」

「催涙弾《さいるいだん》も！」

「催涙弾水平撃ちも！」

「約束だからね……」

「あの夜の想い出に誓《ちか》って！」

「ないよそんなの！」

びっしと親指をたてる不自然に元気なリアクションは限りなく信用できないけど、アホ天使ドクロちゃんにしては上出来です。

僕はひとまず納得することにして、辺《あた》りにヒトが居ないことを確認、廊下の隅っこから移動したのです。

のです。

★

しかしドクロちゃんを職員室に残して、一人で教室に入ったとき、僕は大変なコトになった
なぜならクラスメイト中に変な噂《うわさ》が広がっていたからです。

いつものように僕が窓際の自分の席に鞄《かばん》を置いて、一息ついた、その次の瞬間、

「ぐほお!!」

ワケのわからぬ四方八方からの衝撃《しょうげき》!

「な……なああ!?」

なんと今度はクラスメイトが僕に襲いかかってきているではありませんか!

「桜《さくら》! 誰だよ今朝お前と一緒にいた美少女は!」「今日転校生来るらしいけどもしかしてあの子なのっていうかあの子でしょ!!」「なんでお前があんな美少女と一緒にいるんだよ! 桜のくせに! このロリコン野郎《やろう》!」「やめろよなんとかのくせにっていうの! いまそれ一番痛いんだよ! あとロリコンって言うなぁ!!」「というかおまえあの娘《こ》と一緒に住んでるってホントかよ!」「なにそれマジで!」

クラスに生じる一瞬の静寂。みんなの瞳が僕に集中。

『おま……て、てめえこのやろおお！（男子生徒一同）』「痛い痛い痛いもげるもげるもげる！（僕）」「ちくしょおおおお今夜もかぁぁ！」「ごめんなさいごめんなさい!!（僕）」

「はい、みんな静かにするんだー」

その時でした。扉を開けたのは担任《たんにん》の山崎《やまざき》先生です。

次の瞬間、僕に群がっていたクラスメイト達は、なにも無かったような顔で全員自分の席に静かに座っていました。

「もうやめてぇッ！　あぁぁぁ……っ！」

そしてその中で独り、自分の机の上であおむけのまま苦しげにもがいていた僕は、突然の静寂に周囲を見回し、

「あ……あれ……？」

先生と目が合いました。

僕はゆっくりと自分の席に座りました。

先生は教卓に手をついて言いました。

「それでは今日はみんなに新しいクラスメイトを紹介《しょうかい》します」

息を飲む音に教室の空気が動きました。

クラスメイトみんなの視線が、廊下から姿を現し、先生の傍《かたわ》らにやってきた少女に注がれます。

「じゃあ、ドクロちゃん、自己紹介してください」

「はじめまして、三塚井《みつかい》ドクロです。ドクロちゃんて呼んでください。今ボクは草壁桜《くさかべさくら》くんの家にお世話になっています。みなさんよろしくお願いします」

クラスにドクロちゃんのくりくりボイスが響きました。

『うおおおお！（クラスの男子一同）』

「痛ッ！　さっきからシャープペンの先っぽの芯《しん》を親指の爪で僕に折り飛ばしてるのは誰⁉　痛ッ！　くそッ！　弾が見えない！（僕）」

「静かに。ドクロちゃんのご両親は現在、外国人部隊として北に渡っておられて大変なんだ」

「そうだったんだ………（僕）」

「さ、ドクロちゃん続けて」

「はい。好きな食べ物はどらやきと赤いウインナーとマヨネーズ。好みのタイプは大晦日《おおみそか》に紅白じゃなくて裏番組を見続けるタイプのヒト。身長は一三五センチで、上から八一、五二、七八。みなさんよろしくお願いします」

「聞いたとおりドクロちゃんはナイスバディですね。先生も体育の時間が楽しみです。さて、ドクロちゃんの席は……」

「先生！」

ドクロちゃんは手をあげました。イヤな予感がばりばりします。

「ボクまだ学校のコトをよく知らないから……、桜くんの隣でいいですか？」

やっぱりかぁぁぁ!!

先生は続けます。

「そうだな、じゃあ桜、ドクロちゃんの事をよろしく頼むぞ」

僕は机に突っ伏しました。

その時、

〈がたん！〉

突然、誰かのイスが音を立て、

「先生！　転校生の面倒を見るのは学級委員の仕事だと思います」

とある女生徒が立ち上がったのです。

（静希《しずき》ちゃん！）僕は心の中で叫びました。

ここで説明せねばなりますまい。

彼女、水上《みなかみ》静希ちゃんは、そう、一言で言えばどこかのアホ天使とは正反対の存在。

長くて艶《つや》やかなその髪は丁寧《ていねい》に左右で二つにしばられていて、線が細くて涼しげな顔立ち。

背は僕より五センチ低くて、そのクールで繊細な見かけによらず、彼女は実は小さな捨て猫《ねこ》がいたら抱《だ》き上げてほろりと涙を流して家に持ち帰って自宅でこっそりミルクを与えてその夜は一緒のベッドで寝ちゃうくらい優しい性格の持ち主なのです（僕はその子猫になりたいです）。

そんな静希ちゃんと僕は幼なじみ。中学生になってからトモダチとそれ以上を行ったり来たりしているちょっと気になるあの子なのです。

その静希《しずき》ちゃんが、すいっと立ち上がり、壇上《だんじょう》の先生に向かって言ったのです。

『先生！　転校生の面倒を見るのは学級委員の仕事だと思います』と！

先生が学級委員の松永《まつなが》君を見ました。ドクロちゃんもつられて松永君を見ました。みんなの目が松永君に注がれます。

いかにもガリ勉タイプの学級委員の松永君が、きらりと眼鏡《めがね》のフレームを光らせました。

「えい！」

いきなりドクロちゃんはとげとげ撲殺《ぼくさつ》バット、エスカリボルグを振り回しました。

まさか……！

ぴぴるぴるぴるぴぴるぴー♪

松永君はみるみる学生服を着て眼鏡をかけたニホンザルになってしまいました。

「ウキー！」

なーんでーやねーん…………！

百万人の『なんでやねん妖精《ようせい》』が僕を胴上げしました。わぁっしょい！　わぁっしょい！

「うぁあああ！　松永君！」

今朝あれだけ言ったのにぃぃぃ！

僕は大慌《あわ》てです。もしドクロちゃんが天使だとばれたらどんなパニックが起こるか解《わか》ったものではありません。

「な……」

静希ちゃんも絶句しています。

クラスの沈黙を破ったのは先生でした。

「……ドクロちゃん、先生気になっていたんだけど、その頭の上のわっかはなんですか？」

「…………！」

僕はさらに仰《の》け反《ぞ》りました。みんなは今気がついたように、そのドクロちゃんの金のわっかに騒ぎ始めます。

「これは天使のわっかです。ボク、天使なもんで」

けろりとした顔でドクロちゃんは答えました。

「ぎゃあああ！　あっさりすぎる！」

「みんな、聞いたか。ドクロちゃんは天使だそうです。天使だからって仲間はずれにしちゃだめだぞ」

『はーい』

「わあああ！　順応《じゅんのう》したあぁ!!」

「桜《さくら》うるさいぞ！」

スパーンと、チョークを喰《く》らって僕はひっくり返りました。

僕の今朝の苦労はいったい…………なに？

「というワケで先生、学級委員はお猿《さる》になってしまったので、やっぱりボクは桜《さくら》くんの隣に行きます」

「そうだな、お猿になってしまっては仕方がない」

「えへへ……よろしくね、桜くん」

「じゃあドクロちゃん、君は桜くんの隣の席へ」

「はーい♪」

「ちょ……ちょっと待ってください先生！　僕の隣には青木《あおき》さんが……って、あれぇ!?　青木さんがいない！　えぇぇ……なんで……？　青木さん昨日までは元気に登校してたじゃん……なんで、教科書までなくなってるの!?　（遠くへ叫ぶように）どこ行ったの青木さぁぁあん！　怖いよ、怖いよドクロちゃん！　ねえそのお猿はどうするの!?　ねえみんな！　ドクロちゃんは天使だよ！　もっと騒ごうよ！『きゃあああなんなの天使って』とか！　ねえなんでみんな黙ってるの！　先生！　ちょっと待って行かないで！　みんななんでそっぽを向くの!?　あ、ドクロちゃん……なに？　ちょっと……なんでエスカリボルグを脇構えすごぷぁッ！」


ぴぴるぴるぴるぴぴるぴー♪

★４★
働くドクロちゃんシリーズ
その１

ひよこの雌雄判別師の
ドクロちゃん

「ねえねえねえ桜くん、給食のカレーって美味《おい》しいね。でもここのところずっとカレーだね！」

「今朝もカレーだったからね……。作り過ぎなんだよな家のカレー……」

給食が終わってすぐさま、ドクロちゃんは僕をのぞき込んできました。

今は昼休み。

僕はこの時点で、すでにへとへとになっています。

四時間目の数学の時間、ドクロちゃんのせいで宿題を忘れた僕が廊下に水入りのバケツを持って立たされたせいでもあります。

マジでこんなコトさせられるとは思いませんでした。

そしてなおかつ、転校生の恒例《こうれい》行事、クラスメイトからの質問責めは僕にまで被害が及んだからです。

【回想シーン】

「転校生恒例《こうれい》行事！　ドクロちゃんに質問タ――――イム!!　質問のあるヒト、手をあげて！」

クラスのお調子者、佐々木《ささき》玲介《れいすけ》、通称サッキーが休み時間に僕とドクロちゃんの机を囲みました。

『はいはいはいはいはい！』「はい、松本《まつもと》！」「ドクロちゃん今日の下着の色はなんですか！」

ドカボコバキボグ!!（松本が女子生徒にボコられる音）

「（ぽつりと恥ずかしげに）黒……（ドクロちゃん）」

『うおおおおおおおお!!（男子生徒一同）』

ドカボコバキボグ!!（僕が男子生徒にボコられる音）

「痛い痛い痛い痛い！（僕）」

「ウキー！（お猿《さる》になった松永《まつなが》君）」

（ちなみに彼はお猿になっても、黒板の前で難しい数学の問題をチョークを持って解いてしまいました）

「次！」『はいはいはいはい！（だんだん人数が増えていってる）』「はい、中島《なかじま》！」

「ドクロちゃん、今の気分を野菜に例えるとなに?（中島の目は血走っている）」

「（ぽつりとせつなそうに）茄子《なす》……?（ドクロちゃん）」

『ふぅおおおおおおおおッ！（何人かの男子生徒が叫びながらどこかに走り去る）』

むちむちむちむちむちむち!!（相撲《すもう》部の数十人がシャツをめくったお腹《なか》で、僕を四方八方《しほうはっぽう》から押しつぶす音）

「やめてやめてやめてやめて！（僕）」

「ウキー！（松永《まつなが》君）」

「次！」『はいはいはいはいはい！』「はい井上《いのうえ》！」「ドクロちゃんは桜《さくら》とはどこまで行ったんですか！」

「（頬《ほお》を染め、照れたように）熱海《あたみ》……（ドクロちゃんが僕の手を不必要に握る）」

「あーああああーあああああ～（合唱部がアリアを熱唱し始める）」

ぽわんぽわんぽわんぽわんぽわん（生徒達がプラスチック下敷きの両端《はし》をもって音を鳴らし始める）

その他《ほか》にも「そのわっか本物ですか（一条《いちじょう》さん）」「背中のバットはなんですか（南《みなみ》さん）」とかの質問が休み時間になると次々と浴びせられまくって、もうへとへとになってしまったというワケなのです。


【回想シーンおわり】

気の抜けたまま僕はドクロちゃんに気のない返事をしました。

「うん、給食にもカレーが出るとは思いもよらなかった……」

「胃の中黄色くなっちゃう！」

「そうだね……」

僕はその間中、どうにかこのクラスから、というか、ドクロちゃんから逃げ出すチャンスをうかがい続けました。

僕はまだ、この件について静希《しずき》ちゃんに弁解らしい弁解もできていないからです。

もうこうなったら……。

そうです。彼女の誤解を解くには、愛の……愛の告白を本人にしてしまうしかありません。

そう思ったとたん、全身を駆《か》け抜ける僕のヘモグロビンが沸騰《ふっとう》をはじめました。

ふぅおおおおお……！　あのアホ天使とこのままでは、幼いときからつちかってきた静希ちゃんとの甘《あま》い関係が絶望的に！　ならばこっちから打って出るのが上策《じょうさく》！　虎穴《こけつ》に入らズンバ虎児《こじ》を得ず！

よし。僕の『週間　静希ちゃん行動表ver8.09』によれば、静希ちゃんは今日の昼休みは図書委員の仕事で受付をしているハズ。

ならば！

◆ミッション・ワン◆

『ドクロちゃんに見つからずに図書室に行くのだ！』（♪じゃんっ・じゃんっ・じゃんっ・じゃっ・ちゃー！）

ミッションスタート！

「あ、ドクロちゃん、ちょっとトイレ行って来るね」

「うん、行ってらっしゃい。早く帰って来てね。ボクは南《みなみ》さん達と遊んでるから」

さっそくトモダチを作ったらしいドクロちゃんを残して僕は廊下を出て、三歩目には走り始めていました。

渡り廊下を突っ切り、三段飛ばしで階段を上り、あっという間に図書室にたどり着きました。目には涙です。

ミッションクリアー！

「あっけねー！」

◆ミッション・ワン◆終わり（♪ちゃー・らー！）

『ピンポンパンポーン　三年C組の……』

校内放送で誰かが呼び出されています。

そのチャイムをBGMにして、僕は深呼吸。

ゆっくりと図書室のドアを開けました。

受付の静希《しずき》ちゃんは顔を上げると「なに?」と、ツンとした顔をしました。

「しーずきちゃん」

「…………」

お、怒って……る? ひょっとしたら静希ちゃんは、朝のホームルームの時といい、僕とドクロちゃんの関係を……

「あの……み、水上《みなかみ》さん、ちょっといいですか?」

「よくないです」

ぐさぁ……! そ……そうきましたか……。

「た……大変だね、昼休みなのに」

「仕事ですから大変じゃありません。じゃまだからあっち行って」

と、とりつく島がありません……。

こうなったら……。僕はちらりと視線を巡らし、静希ちゃんの隣で耳をすましているもう一人の図書委員の女子にささやきました。

「ええとですね、今朝、僕がおかまの痴漢《ちかん》におしりを揉《も》まれていたとき、静希ちゃんが助けてくれたんですよ。『このヒト痴漢にあってます!!』って僕を指さして。そのお礼に僕はこうして……」

「ぷふぅ……！」

「ちょっ、なに言ってるの……！」

僕は静希ちゃんに首根っこを捕まれ、図書準備室に引っ張り込まれました。

「まったくもう……あいかわらず、わけわかんないんだから……」

静希ちゃんは苦笑しながらこっちを睨《にら》んできました。どうやら成功です。

「なんなの桜《さくら》くん、あの娘《こ》は……」

「うん、ドクロちゃんね。彼女、ある日いきなり僕の引き出しから、信じられる？　引き出しから出てきたんだよ」

「……なんか聞いたことあるね……それ……」

「それとは逆だよ逆！　もうあの娘が出てきてからめちゃくちゃなんだ。ほら、僕最近宿題忘れっぱなしだろ？」

「うん、どうしたのかとおもってた。あ、大変だったね四時間目。ノート後で写していいよ」

「サンキュー。うん、それで宿題、彼女が妨害《ぼうがい》してくるんだよ。おかげでテストもさんざん」

「うわー……どうにか……ならないみたいねぇ」

静希ちゃんは今朝からのコトを思い出しながら目を細めました。

「よりによって天使だもんねぇ……、勝ち目無いかも……」

「はい？」

「ううん、なんでもない。それより平気なの？　あの娘《こ》を一人にしておいて」

「これぐらい平気だろ。いくら僕でも四六時中《しろくじちゅう》は勘弁《かんべん》してほしいよ……」

僕は笑いながらちらりと静希《しずき》ちゃんの様子を見ました。涼しげな表情。でも、少しだけはにかんだように微笑《ほほえ》む、いつもの静希ちゃんです。

そして人気《ひとけ》の無い明るい清らかな図書準備室に二人きり。

はっきり言ってチャンスです。

ボ……ボーイズビー！

「ねえ……静希ちゃん……」

「うん……なあに、桜《さくら》くん……」

縮まる二人の距離。見つめ合う瞳。

「ずっと……僕は……」

その時でした。

『ガピツッ……ザッキィィッィイィイン……！』

耳をつんざく校内スピーカーが耳よ割れろと言わんばかりの雑音を放ちました。二人の時間が一瞬止まりました。そして次の雑音が僕の頭から血の気を全《すべ》て奪ったのです。

『ザ……ザザ……桜くーん？　どこー？　二年Ａ組の草壁《くさかべ》桜くーん』

ドクロちゃんの声でした。

「え……!?」

僕の喉《のど》が音を立てました。静希《しずき》ちゃんも目を見開いています。

ド……ドクロちゃんの、あほおおおおお！

『早くここまで来ないと桜《さくら》くんの秘密を一つずつばらしていきまーす』

「や……やめてー！」

『まず一つ目～、桜くんのエッチな本の隠し場所』

「だめー！」

『机の一番大きな引き出しの広辞苑《こうじえん》のケースのなか～』

〝ドォォッ〟っと、爆笑が校内を包みました。

「あ……あのアホ天使めぇぇぇぇぇ……！　くぅおおおおおおおおぉおおおぇぇ!!!」

「あああ！　桜くんの両耳から紫色のどろどろした液体が流れ出してる！」

「静希ちゃん！」

びくっと静希ちゃんは肩を震わせました。

「耳をふさいでここで待ってて」

「う……うん」

必至に首を縦《たて》に振る静希ちゃん。だって桜くんの耳から今度は真っ黒な煙が吹き出し始めたから。

『好評なようなので桜くんの好きなえっちビデオジャンルのはっぴょー』

「静希ちゃん聞いちゃだめだ！」

そう言い放ち、僕は図書準備室をマッハのスピードで脱出しました。

『桜くんはちっちゃくて見た目が幼い女優さんがいいそうでーす。特に細い鎖骨《さこつ》のラインにはぐっと来るものがあるそうでーす。ロリコンだね！　桜くーん、早く来ないともう学校にいられなくなっちゃうよー』

「やめてぇぇぇ！」

★5★

自動販売機の釣り銭を調べるドクロちゃん

こんな情け容赦《ようしゃ》ない方法でドクロちゃんが桜《さくら》くんを呼び寄せたのには理由がありました。

「くぅ……んぁ！」

それはいきなり震えだしたのです。

「どうしたのドクロちゃんいきなり変な声をだして……」

南《みなみ》さんは、突然立ち上がったドクロちゃんがなにかしでかすのではと思い、机の下に隠れました。

「ちょっ……ちょっとトイレ……！」

トイレの個室に駆《か》け込み、胸ポケットから強烈にバイブレーションする通信端末《たんまつ》をひっぱりだします。

「バイブ強すぎぃぃ！」

『すまんザンスドクロちゃん。でもそのぐらいがユウにはちょうど良いと……』

ブツッ……　……ザピッ

『切るなんて酷《ひど》いザンス！』

「なんのようなの？」

『そうだったザンス。よく聞いて欲しいザンスドクロちゃん……。ついに〝ルルティエ〟が、『天使による神域戒厳会議《かいげんかいぎ》』が刺客《しかく》としてサバトちゃんを放ったザンスよ！　すでに桜くんの学校に侵入したという情報もあるザンス！』

「サバトちゃんが⁉」

『そうザンス！』

「すぐに桜くんを！」

ドクロちゃんは隣の男子トイレに走り込む！　仰《の》け反《そ》る男子生徒にひるむこと無く桜くんを捜索《そうさく》開始！　彼女は個室をエスカリボルグで次々破壊！　中の男子生徒は硬直！　桜くんがいないと解《わか》ると床を破壊！　そのまま下階の男子トイレに突入！　同じく天井《てんじょう》を破壊し、上階の男子トイレにも突入！

「どこにもいない！　男子トイレはこれしかないのに。……まさか桜くん、女子トイレに……？」

その時でした。

『ピンポンパンポーン　三年C組の……』

「これだ！」

ドクロちゃんは放送室の扉を蹴《け》破り、そこで抱《だ》き合っていた男子生徒と男子生徒を叩《たた》き出し放送室をジャック！

そして『全校放送』というスイッチをオン。マイクをつかみ窓辺に寄ったのです。

『桜《さくら》くーん、どこー？』

★

『桜くんはボクがシャワーを浴びているとのぞきに来まーす』

「知ってるなら止めろよ！」

ボクは興奮のあまり叫びながら猛《もう》スピードで廊下の角を曲がりました。

『では次の桜くん情報！　桜くんは家に両親が……』ブツっ！

「あれ？」

突然放送が断ち切られました。そしてその一呼吸の油断が命取り。僕は強烈な衝撃《しょうげき》に吹っ飛びました。曲がり角から誰かが飛び出してきたのです。

メゴパッ！

僕は今まで生きてきてメゴパなる音を聞いたことなどありませんでしたが、たしかにその音はしたのです。

「痛たたたた……」

今朝からの肉体的ダメージが蓄積されている僕のＨＰは、ボスダンジョンの最下層にたどり着いた勇者並みに赤表示です。要ベホマです。それでもなんとか立ち上がると、そこには女性が横たわっていました。

後頭部を廊下の出っ張りにぶつけてどくどくと血を流し、目を見開いたままぴくりともせずに。

「ぎイやわあああ！」

ふつーこーゆーシチュエーションは——

「あいた！」

「いたたた……」

「あ、ゴメンなさい！　怪我《けが》はありませんか？」

「こちらこそすいません、えへへ……よいしょ、ん……あつッ」

「あ、怪我してるじゃないですか、ほら、こうしてハンカチを……」

「あ、すいません、洗って返しますから住所と電話番号を……」

「いいんですよ、これぐらい当然のコトです」

「いえ……是非《ぜひ》あなたの家に行ってお礼をさせてください……（ちらり）」

「あ……」

「きゃっ！　見えちゃいましたか……？」

「し、白いものが……」

「いやああん、誰にもいっちゃやだめですよ」

「なにを言ってるんですか！（真《ま》っ赤《か》になる僕）」

なんていう風に展開するものじゃないんですか!?

それがこの女の子、血の泡《あわ》を吹いて……死！　死！　死！

ほのかに生臭《なまぐさ》く湿《しめ》った匂《にお》いは流れ出る血の匂《にお》いなのでしょうか。僕の脳が『男子中学生、廊下を走って女生徒と激突、女生徒死亡！』という新聞記事をズッパンズッパンサスペンスドラマのテーマと共に印刷開始です。このままでは僕の将来設計はズタズタです！

どうしよう！

その時でした。少女の血の泡が不意に弾《はじ》けました。

「あいたたたた……」

「うわあああ！　生き返った！」

彼女は口からだらだらと血を流しながら何事も無かったようにむっくり起きあがりました。

「だ……大丈夫ですか!?」

「こちらこそすいません、えへへ……よいしょ、ん……あつッ」

「うわあ！　後頭部割れてます！　しかたない、こうしてハンカチを……ぎゃあ！　一瞬で真っ赤に！」

「あ、すいません、ありがとうございますぅぅ。洗って返しますから住所と電話番号を……」

「いいですいいです返さなくて！　これぐらい当然のコトですから！」

「いえ……是非あなたの家に行ってお礼をさせてください……（ちらり）」

「ぎゃあああ！　ちらりと骨が見えてます！」

「きゃっ、見えちゃいましたかぁ？」

「し、白いものが。たぶん頭骨《とうこつ》が！」

「いやあああん、だれにも言っちゃだめですよぉ？」

「もちろんです！（真《ま》っ青《さお》になる僕）」

「よかったぁ、草壁桜《くさかべさくら》さんが親切な人でぇ……」

その女生徒は血染めのハンカチをぎゅっと握りしめ、潤《うる》んだ瞳で僕を見つめました。

「は……？」

「草壁桜さんですよね。大事なお話があるんです……。人気の無い、体育倉庫に一緒に来てはもらえませんかぁ……？」

ばきゅーん！　と、僕の魂《たましい》は仰《の》け反《ぞ》りました。

そういえば……この女の子、ちょっと舌っ足らずだけど、ドクロちゃんに負けず劣らずのナイスバディ。ぱっちりしていてすこし垂れた金色の瞳の下にある凄《すご》いクマ。そして頭の左右にはクリーム色の髪の毛をかき分けて、ねじれた羊《ひつじ》のような角《つの》が二本伸びていて、なおかつその頭上にわっかがあるのがちょっと気になるけど、すごく可愛《かわい》いじゃないですか！

「は……」

……だめです！　僕はなにを考えているんだ。今はそれどころじゃない！　いつあのドクロちゃんの恐怖放送が始まるか解《わか》らないのです。それにああまでして僕を呼び寄せているというコトはなにかがあったのかもしれません。

いや、なにか重大な事件が起こったにちがいない。だから、僕は勇気を振り絞って言いました。

「昼休みが終わるまであと十五分しか無いですけどどうにかなると思いますから！」

ちがぁぁあううううう！　僕はまたもやなにを言っているんだ……!!

「だ、だめです、いけませんそんなこと……！」

僕はあわてて言い直しました。しかし僕の独り相撲《ずもう》が終わったその時には、すでに目の前にあの瀕死《ひんし》の少女はいませんでした。

その代わり、僕の後頭部になにか冷たくて堅い感触が。

「行きたく無くても行くんですぅ……死にたく無ければ……」

言葉は背後から。

「え……？」

この展開……なにかに……似てる……

「申し遅れました、わたくしい未来の世界からやってきた天使のサバトともうしますぅ。サバトちゃんと呼んでください。桜《さくら》くん、どうかサバトといっしょに来てください。それと……今あなたの延髄《えんずい》に押し当ててあるのはシロナガスクジラも一瞬で黒こげ『超電磁スタンガンドウリンダルテ』ですぅ」

「て、天使……!?　じゃあそのわっかは……」

その瞬間、風を感じました。僕の身体《からだ》が吹っ飛んだのです。

「桜くんみっつっけえええええ！」

〈ゲパアア！〉

ああ！　この視界を深紅《しんく》から暗黒に変え、脳天を貫くような鋼鉄の衝撃《しょうげき》は……！

「ド……ドクロ……ちゃん……助けてくれてありがとう……（がくっ）」

「ああ！　桜くん!!」


ぴぴるぴるぴるぴぴるぴー♪

「痛いじゃないか」

「だって桜《さくら》くんがサバトちゃんを拉致《らち》しようと」

「逆だよ！　僕がされそうになったんだ！」

「あのぉ……」

「ああ、ごめんサバトちゃんのけものにして。というかドクロちゃん！　このヒト知り合い⁉」

「うん、サバトちゃんは桜くんを拉致《らち》り殺すために未来から来た天使だよ」

「それはドクロちゃんのコトではなくて？」

「うん」

「…………マジで？」

「マジで」

「と、いうか、ちょっと待って……？　なんで僕が拉致り殺されなくちゃいけないの⁉」

「それは…………」

ドクロちゃんが言いよどんだその時、サバトちゃんが目の下の大きなクマを眠《ねむ》そうにこすりました。

「そんなの嘘《うそ》ですぅ……、ドクロちゃんこそ、桜くんを操《あやつ》ろうとしてるんですぅ！　ドクロちゃんは裏切りものなんですぅぅ！」

「え……？」

「ちがうもん！　ボクは間違ってないもん！」

「それが本当だったら……エスカリボルグを僕の首筋に押し当てなくても……」

「ちがうちがう！　……サバトちゃんが間違ってるの!!」

「しくしくしくしく……」

はらはらと涙を流し始めるサバトちゃん。

「あずるい！　サバトちゃんの嘘泣《うそな》き！」

「桜くん……サバト、知ってるんですよぉ……ドクロちゃんが来てからというもの……桜くんの夜の生活はぼろぼろになっていること……」

「……な、なにいってるんだよ……！」

「ドクロちゃんの色香《いろか》に惑《まど》わされて……でもああ見えてドクロちゃんはガッチリガード堅いから……。サバト、よくみんなに『サバトちゃんはガード甘《あま》いね』って……言われるんだぁ……」

ああああ！　いつの間にかブラウスのボタンが三つ目まで外《はず》れてる!!　ドクロちゃんですら二つ目までなのに！

「あ……あ……あ……！」

「ね……桜くん……サバトと人気《ひとけ》の無い体育倉庫へ……信じて……（うるうる）」

「桜くん！　ねえ桜くん！　目がうつろだよ！　しっかりして！」

その時、僕の脳内スクリーンにダイジェスト版ドクロちゃんとの今までの生活が上映開始。

上演終了。ありがとうございました。観客、カメラの前で「また見に来ます！」「もうサイコー！」「わたしも泣きました」「おかげで背が十五センチも伸びました」

　そしてとうとう、サバトちゃんの次のセリフで僕の脳味噌《みそ》は裏返ったのです。

「あぁ……このままじゃ……サバトは今夜……熱くて眠《ねむ》れないかもぉ……」

　むはふぁあああああああああああああ!!

「サバトちゃん……ぼ、僕の得意技は……開脚前転です！（荒い息）」

「いやあああああ!!　桜《さくら》くん！」

「残念だったですねぇドクロちゃん……」

　サバトちゃんの笑みがとろけました。

「では桜くん！　サバトと開脚前転その他のマット運動がしたかったら、今すぐドクロちゃんのその天使のわっかをはずしてくださぃ！」

「だめえええぇ！」

　かがみ込み、必死にその天使の輪を守ろうと、身をよじるドクロちゃん。

　もう限界です。

「ごめんドクロちゃん！　でもドクロちゃんが悪いんだからね！　いつもいつも僕をぉぉ!!」

　僕はワケのわからないコトを叫びながら、ワケもわからずドクロちゃんの天使のわっかをつかみ、外に向かって放り投げました。

「いやあああああああああぁぁん！」

「ぎゃあああああああああぁぁぁ！」

ドクロちゃんの悲鳴と、僕の悲鳴が重なりました。

僕は自分の手の痛みに、はっと我にかえりました。見れば指からどくどくとあふれ続けるのは鮮血《せんけつ》です。

忘れていました。ドクロちゃんの天使のわっかは、日本刀の切れ味というコトを……！

そしてドクロちゃんは……

「あ……あぁ……！」

なんと顔を真《ま》っ赤《か》にしています。

〈んぐぅぎゅるるるるるるうううう!!〉

不吉《ふきつ》な音がドクロちゃんのお腹《なか》から鳴り響きました。そしてぷしゅうう……とドクロちゃんの顔が真っ赤に上気したのです。

「桜くんの……ばかぁあああああ……！」

「ど……ドクロちゃん!?」

突然きらりと涙をこぼし、ドクロちゃんは駆《か》け出し、あっという間《ま》にどこかに行ってしまいました。

「うふふふ……これで邪魔《じゃま》者はいなくなったですぅ……」

「サバトちゃん！　これはいったい……！」

「あのわっかがないと……天使はひどい〝げりぴー〟になっちゃうのですぅ！」

「ええぇ……！　そ、そんな！　僕は……僕はなんて酷《ひど》いコトを……！」

「さあ桜《さくら》くん！　いっしょに来るですぅ！」

「は……？　ちょっと待って……。そっちは汗の染《し》み込んだマットや跳《と》び箱や縄《なわ》跳びやバレーボール、そして、人気《ひとけ》はないのにマットだけはある体育倉庫の方向じゃないよ……？」

「なんのことですぅ？　サバトはそんなところに行くなんて言ってないですよ？」

「だ……だまされた!?　というコトは……僕はサバトちゃんに殺されるっていうコトなの!?　な、……なに？　サバトちゃんその放電すさまじいスタンガンは……、あ、ちょっと待って？　ねえ、ちょ、あ……あああぁ!!」

　その時でした。

★6★

トイレに駆け込む
ドクロちゃん

「桜くん!!」

その声は静希《しずき》ちゃんです。

「ああ……！」

僕は思わず声を出しました。図書準備室を抜け出した静希ちゃんがここまで来てしまったのです。

「来ちゃダメだ静希ちゃん!!」

「え……？」

静希ちゃんは僕と対峙《たいじ》している天使に気が付き、立ち止まりました。

「そ……その娘《こ》は……？」

「サバトちゃんて言って、なんかドクロちゃんの友達らしい……よ？」

「邪魔するじゃないですぅ！」

「うおお!!　なんだ桜！　そいつは！」

「うわ！　吉田《よしだ》！」

そこに現れたのは同じクラスの吉田です。

「おまえ……ドクロちゃんでも飽《あ》きたらずまたそんな珍妙《ちんみょう》な女の子を！」

「うわあ！　ごめんなさい！」

そして気が付くと、吉田に続いてぞろぞろとクラスメイト達が集まり始めているではありませんか。

「聞いたぞ、桜《さくら》……、さっきの放送……」

宮本《みやもと》が言います。

「いやあああ！　忘れてぇぇ！（僕）」

っていうか、こんなコトをしている場合じゃないのです。早くドクロちゃんを追いかけて謝らないと、僕はドクロちゃんに殺されてしまいます。あと、このサバトちゃんにも。

その時です。

「うわあぁ！　なんですかぁこのヒト達は！」

サバトちゃんが悲鳴を上げました。

なんというコトでしょう、サバトちゃんを視認《しにん》したクラスメイトの男子達は目を血走らせ、中腰になり、両手を前に構えてサバトちゃんをあっという間《ま》に囲みこんだのです。

「おい桜、いったい誰なんだこの可愛《かわい》い女の子は。おまえ……次から次へと……!!（松下《まつした》）」

「その子は……だから、その……えっと、その子はサバトちゃんて言ってドクロちゃんの友達で……そ、そうだ！　ええと、サバトちゃんは今度ウチに転校してくるんだけど、絶賛カレシ募集《ぼしゅう》チュウなんだって！　好みの男性のタイプは自分を引っ張っていってくれるヒト！」

「は……はぁ……？（サバトちゃん）」

『な、なにぃいいいいい!!』

ダース単位の男のどろりと血走った目が、サバトちゃんを中腰のまま一斉に凝視《ぎょうし》。

「ひいいいいいいぃいぃ!!（怯《おび》えるサバトちゃん）」

「いい機会だから誰か、サバトちゃんを校内見学に連れていってあげて！」

『うおおおおお!!（クラスメイトの男子達）』

「よっしゃあああ!!」「さあこちらが保健室です」「こっちは購買部、売れ筋の商品は消しゴムで……」「やめてくださいですぅ!!　あ……！　あ……！　ちょ……いやああああ……！」「ここは水飲み場、少し飲んで行きますか？」

あわれサバトちゃんは、きらきらした瞳＆輝く白い歯のクラスメイト男子達に囲まれ、校内ツアーに強制参加されて行きます。こんなクラスメイト達と学校生活を送れて、僕は幸せだな。

「いやあぁぁ！　サバトは桜くんを拉致《らち》らなきゃなんですぅぅぅ!!」

「い……いまのうちに！」

おみこしのようにかつがれて行くサバトちゃんを遠くに見ながら、僕は静希《しずき》ちゃんと一緒にドクロちゃんが走って行った方向に走り始めました。

「でもあの女の子が……」

「いいからはやく！　サバトちゃんなら大丈夫!!」

「いい加減にするですぅぅぅぅ!!」

〈ずばばばばばばばばばばばばば!!〉

『うぎゃあああああああ!!（クラスメイトの男子達）』

すごい音と光と叫びが向こうの方から聞こえました。

「待つですぅ桜《さくら》くーん!!」

「……ほ、ほらね」

「う、うん……」

電撃を喰《く》らってもすがりついて来ようとする男子生徒を蹴《け》り飛ばし、サバトちゃんが追ってきました。

僕と静希《しずき》ちゃんはスピードアップ！

「ちょっと桜くん、その曲がり角！」

「あ、そっか！」

僕と静希ちゃんは廊下の曲がり角を曲がった瞬間大きくジャンプ！

そして、

「待つです桜くん!!」と、サバトちゃんがこっちに曲がってきた瞬間、

どがらっしゃああああんん！（ばしゃあああ……）


「ひぃぃ、冷たいですぅ！」

僕はその光景を見ながら言いました。

「そういえば片づけてなかったんだよね……バケツ……」

そうなのです。ここは二年A組の教室の前。僕が四時間目に使用したバケツが置きっぱなしになっていたのです。僕と静希ちゃんはそれを思い出し、飛び越えたのですが……、それに気が付かなかったサバトちゃんは、みごとにそのバケツにつまづいて、転んだあげくに水浸しになってしまったのです。

「桜くんなにやってるの!?」

静希ちゃんの声、次の瞬間ふと気が付くと、僕はサバトちゃんに助け寄ろうとしていたのです。

「あぁ……しまった!! サバトちゃんの濡《ぬ》れた白いブラウスが肌にぴったりくっついていたから、条件反射でつい手を……！」

「つかまえたですぅぅぅ!!」

がっしとサバトちゃんの手が僕の腕をにぎり締めてきました。

「うわあああ!!　僕はバカか!?」

「こうなったらここでとどめを刺しちゃうですぅ!」

逃げられる間合《まあ》いではありません。サバトちゃんは両手でドゥリンダルテを構えました。

「や……やめ……!!」

〈かちん!!〉と、ついにスタンロッドのトリガーが!!

「うわああああああああああ!!」

〈ずばばばばばばばばばばばっ!〉と、まぶたの内側までその放電の光が伝わり、
次の瞬間!

「あ………!!」

何も、……起こりません。

「あれ……?」

僕はぎゅっとつぶっていた目を開けました。

「けほ……」

そこには、煤《すす》けて、服をぼろぼろにしてしまったサバトちゃんがいました。

「ああ……びしょぬれで電化製品をつかったから……」

「サバト……失敗しちゃったですぅ……（どさっ）」

〈どかどかどかどかどか‼〉

へたりこむサバトちゃんの背後から、復活して走ってきたクラスメイト男子達（みんなアフロ）がやってきました。

「桜《さくら》……、これはいったい……」

「しくしくしくしくしく……」

サバトちゃんは体育座りで泣き始めました。

「桜……まさかおまえ……‼」「ま、まだ僕はなんにもしてないよ‼」「だってこの子ぼろぼろに……」「それはサバトちゃんが勝手に……っ！」「男っていつもそう……」「ち、ちがうよぉ‼」

「桜くんは死ななくちゃいけないんですぅ‼」

突然、サバトちゃんが叫びました。

みんなが激しく頷《うなず》き、同情の目をサバトちゃんに向けます。

「うんうん、桜は死んでお詫《わ》びするくらいのコトをしたんだな……」

「みんなそんなに頷かないでもっと信じようよ友達を！　……って、ちょっと待ってサバトちゃん、ずっと疑問だったんだけど、なんで僕が殺されなきゃいけないの⁉」

「それは……桜くんが未来の世界で……」

その時です。

「いっちゃだめえええええ……!!」

　このか細く、しかし悲痛な叫びは……

「ドクロちゃん!!」

　見ると、ドクロちゃんが下腹部を押さえ、壁に手を付き、よろよろとこちらに向かって来るではないですか!

「もう……全部出たから……もう平気なの……!?」

　ドクロちゃんのその声は震えて、額《ひたい》や首筋にはじっとりと汗が浮き出ています。辛《つら》そうです。

「あぁ……そう……」

「ダメですぅ!」

　サバトちゃんが言います。

「あのコトを言えば、きっと桜《さくら》くんも納得してくれるですぅ!　それほど桜くんは未来の世界で……」

「ダメえええええ……!!　……ああっ!」

　ドクロちゃんが壁に沿って崩れ落ちます。

　僕は固まっています。

　僕が、未来の世界で……?

「だめ……桜くん……聞いちゃダメ……」

「まずはこの映像をご覧くださいですぅ……」

サバトちゃんはリモコンのようなものを取り出し、その光を廊下の壁に当てました。

「これは……」

投射式のテレビのように、その光はある映像を映し出しました。

「あああ……」

ドクロちゃんがその映像を見て目を伏せました。

「これは……？」

その映像は、街中《まちなか》の映像でした。いたって普通の映像です。道を歩いているヒト達に、特に変わった所は見あたら無い気が、……あれ？　なぜか小学校高学年くらいの可愛《かわい》らしい女の子が多く映って……。

あれ？

「ねえ……これ、女の人がみんな小さくない？　男の人は年齢《ねんれい》バラバラなのに、女の子だけ子供ばっかりなんだけど……。なにこれ？」

「実は、これは未来の世界の映像なんですぅ」

「はい……？」

「実はこの映像は、不老不死《ふろうふし》の技術がついに完成してしまった未来の姿なんですぅ！」

「不老不死《ふろうふし》!?」

「そのとおりですぅ。その技術を偶然にも発見してしまうのが……」

サバトちゃんが僕を見ます。

「ぼ……僕なの……!?」

ぽふっと、僕の手になにかが当たりました。

「桜《さくら》くん……」

ドクロちゃんが僕の手を握って来たのです。

「ボク達天使は、カミサマの領域に近づく人間を許さないの……」

ドクロちゃんが、僕の腕にすがるようにして、言います。

「それがボクの所属する〝天使による神域戒厳《かいげん》会議〟通称、ルルティエ……」

「ドクロちゃんはルルティエの裏切りものなんですぅ!!」

サバトちゃんはドクロちゃんをさえぎるように言いました。

「未来を変えるために、不老不死なんていうものを発見する桜くんを、過去の時点で殺さなければいけないのに、ドクロちゃんは……!!」

「ボクは桜くんを殺さないで、未来を変えるよ……」

「……!!」

そのドクロちゃんの言葉で、僕は全《すべ》てを理解しました。

ドクロちゃんが、なんで僕なんかと一緒に、ずっと暮らしているのか、その理由を……。

彼女がいつも僕の宿題をじゃましたり、夜中の二時になっても寝るのをじゃましたり、ご飯を食べるのをじゃましたりして僕と一緒に遊ぼうとしていたその理由は……。

実はそれは全部、僕を『バカ』にして未来の世界で僕に不老不死《ふろうふし》の技術を開発させないためだったというわけなのです……。

「ドクロちゃん……。そうか、そうだったのか……」

「信じらんねぇなぁ……桜《さくら》がそんな天才になるだなんて……」

松田《まつだ》がつぶやきます。

「ふっふっふっふ……」僕は言います。「松田、僕を見くびってもらっちゃ困る。未来の僕はきっと凄《すご》いんだ!!」

「言ってて悲しくならねぇか……？」

「そうでもない」

「そうか、がんばれ……」

「……僕が不老不死の技術を……それで……」

あれ？　でもちょっと待ってください。

「ねえ、ドクロちゃん……、でも、なんで僕が不老不死の技術を開発したって聞いちゃダメなの？　それにさっき観《み》た映像とは関係無いような……」

「それは……」

　ドクロちゃんが言いよどんだその時でした。

「それは不老不死の技術が」サバトちゃんが言いました。「不老不死の技術が、桜くんがロリコンの世界を作るための研究中に、偶然にできちゃった技術だからですぅ」

「な……、」

「は……はい……？」

「先ほどご覧《らん》いただいた映像の通り、桜くんは世界中の女性の外見年齢《ねんれい》を十二歳《さい》で止めてしまったんですぅ。そしたら偶然、そのヒト達は不老不死に……」

「ちょ、ちょっと……待ってよ!!」

「……ロリコン」「ロリコンだ……」「やっぱりな……」「こんなコトだろうとは思ってたんだけどね……」「やっぱり桜くんてロリコンだったんだ……」「ああ、やっぱり」「俺《おれ》たちは桜のコトをまだ見くびっていたな。まさかここまでするとは……」「言っちゃった……」

「あああ……」がっくりと膝《ひざ》をつくドクロちゃん。

「へえええええええ……!?」

　僕は頭を抱《かか》えました。

「ぼ……僕はそんなコトしないよおおおお!!　それに考えてもみてよ！　僕がそんなすごい発

明できるわけが……」

「ねえ、桜《さくら》くん、この間の科学の遺伝子のテスト何点だった……？」

静希《しずき》ちゃんが聞いてきます。

「……百点だけど」

『うわあああああ、やっぱりだあああ!!』

打ちひしがれるクラスメイト達。

「テストの平均点三十五点の桜が唯一の百点を科学で!! しかも遺伝子の！」

「なんでだよ！ ぜんぜん関係ないよ!! メンデルの法則とかなのそれ！ っていうかなんで
みんな僕のテストの平均点知ってるんだよ！」

「桜くん……」

「静希ちゃんも後ずさりしないで!!」

「そんな世界は許されないんですぅ！ このロリコン野郎《やろう》！」

「そ……そんなバカな話納得できるかぁ!! だってそんなコト僕がするわけないだろう!!」

「いや…桜ならやりかねない……」「どうしよう、うち妹いるのに……」「いいヤツだったんだ
けどな……」「ついにやったか……」「最低……ヒトじゃないわ……」

「みんなは僕の友達じゃないのかよ!! いいかげんかばえよ！ 涙でてきたよ！」

僕はぼそぼそ言い始めるクラスメイトに叫びました。

「ドクロちゃん！　僕はどうしたらいいの!?」

「それは……」

廊下にぺたんと座り込んでいたドクロちゃんが僕を見上げました。その澄《す》み切った瞳に僕の身体《からだ》がこわばった、まさにその瞬間でした。

「このチャンスを待ってたですぅ!!　もうカラダは乾《かわ》いたんですぅ!!」

ちらりと視界の隅に、きらめくスタンロッド!!　サバトちゃんです！

「隙《すき》ありですぅぅぅ!!」

ですが、

「えいやぁぁっ!!」

「ひやああああぁぁぁん……!!」

「ぎひゃああああああああ……!!」

その瞬間僕は、襲いかかって来るサバトちゃんの天使のわっかを思いきって握りしめ、奪い取ったのです。

しかし僕も悲鳴をあげました。そうなのです、サバトちゃんの天使のわっかも日本刀の切れ味だったのです。僕の手の平はすっぱり切れて肉が見えて血が吹き出ています。

僕は手首を強く圧迫しながらサバトちゃんを見ました。ぴたりと、サバトちゃんの動きが静止しています。そして、

〈くるるるきゅゅぅぅぅうううん……!!〉

やっぱりです。

奇妙な音が、サバトちゃんのお腹《なか》から……。

「あわわわわわわわわわわ……!!」

顔を真っ赤《まか》にするサバトちゃん。

「でもって、……そりゃあぁぁぁぁ!!」

僕は窓からフリスビーよろしく、おもいっきり天使のわっかを血しぶきと共に放り投げました。

「桜《さくら》くんはオニですぅぅ!! 憶《おぼ》えてるですよぉぉ!! 必ず! 必ずいつか桜くんをぉぉぉ……」

サバトちゃんは窓から身を乗り出し、ここが二階だというコトを思いだし、内股《うちまた》で廊下を走って、もう見えなくなった天使の輪を追いかけて行ってしまいました。

「桜くん……」

ドクロちゃんが僕の手にすがりついて立ち上がりました。

「ドクロちゃん……」

「やれやれ……」「いやぁまあ、そんな世の中楽しみでもあるなぁ……」「がんばってね、桜くん!」「んじゃ、そろそろ行きましょうか」「五時間目ってなんだっけ?」「やれやれ……」「ねえみんな! 自分を棚にあげておいて申し訳ないけど、もっとリアクションとろうよ! さっきの子も天使だよ!? 不老不死《ふろうふし》なんだってよ? ねえ、ねえってば! ヒトの話聞けよ!! ちよっと？　ちょっと!?」

クラスメイト達はあっけにとられ半分、ため息半分で教室の中に戻って行きます。

「桜くん……、わたしも、先行ってるね」

「う、うん……お願い静希《しずき》ちゃん」

みんなが教室に入っていきます。

そしてドクロちゃんがゆっくりと、僕を見上げました。

「桜くん……ねえ、おねがい。ボクのわっか……とってきて……？」

「あ、そっか、ごめんドクロちゃん!!」

僕はダッシュです。

たったったったったったったった……………………………………たったったったったったった!!

戻ってきました。

「はい、ドクロちゃん！」

「ありがとう桜くん。……早くそれを寄こしやがれ」

「……え、な、なに？」

「う、ううん？　早く、それを返して……？」

おかしいです。今はきらりと微笑《ほほえ》んでいるドクロちゃんですが、さっき一瞬、彼女からゆらりと殺気がただよったような……。

あ。

「ド……ドクロちゃん？」

「なあに？　桜《さくら》くん……」

「ご、ごめんね、さっき、ドクロちゃんのこのわっか、取っちゃって……」

そうです、ドクロちゃんのわっかを取ったのは、僕。

「ドクロちゃん、もう……怒ってない？」

「…………。うん、怒ってなんかないよ」

「ちょっと待って？　今、すこし間《ま》が無かった？」

「無いよ？」

「ねえ、ホントに怒ってないのドクロちゃん？」

「うん、怒ってなんか、ないってば……」

「ホントにこれ返したら、許してくれる？」

「うん、許すから……」

「ホントに？」

「……ホントに……」

「ホントにホント……？」

「うん……ホントにホント……だから」

「よ、……よかったぁ……。ああ、ドクロちゃん、僕は今までそんなドクロちゃんのコトを色んな意味で誤解していた気がするよ……」

「桜くん……」

「ドクロちゃんの今までの行動が全部、僕を護《まも》るタメだったなんて……」

「あ、桜……くん、お礼は……いいから……」

「ううん、僕はドクロちゃんのコトをちっとも考えて無かった……。きちんと謝って、そしてお礼を言わせて？」

僕は、感極まったように全身を細かくぷるぷる震わせるドクロちゃんに一歩近寄りました。か細い声で、

「ホントに……いいから……はや、く……ッ！」

ドクロちゃんは僕を見上げます。

そして僕は心を込めて言いました。

「ありがとうドクロちゃん。そしてこれからもよろ」

〈ぴゅっ！〉

「……え……？」

なぜでしょう。僕の手から、ひったくるように、天使のわっかがドクロちゃんに奪われた気がします。そしてドクロちゃんの脂汗さえ浮かべていた額《ひたい》の汗がすぅっと引き……

「ねえ……桜《さくら》くん……？」

しゃきーん、と、ドクロちゃんの頭の上で輝くは天使のわっか。

そして、にこっと微笑《ほほえ》むドクロちゃん。

「な……なに？　ドクロちゃん、ちょっと…そのすんごい笑顔は……、あ……あれぇぇ？　ねえ……なんでエスカリボルグを大上段《だいじょうだん》に構えてるの……？　あ。ちょっと、待って？　ねえ……ドクロちゃん？　ホントは怒って……。う、うわあぁぁぁ〜〜……!!　ごめん!!　ごめんなさい!!　なんで!?　ちょっ！　まっ！　ドクロちゃんその目は……!!　もうしないから!!　もうしませんから！　どうか僕をゆるしっ……!!」

ぴぴるぴるぴるぴぴるぴ〜♪

家無き子だよ! サバトちゃん! その1

任務に失敗しちゃったサバトは橋の下ライフですぅ
赤貧ですぅ
洗うがごとしですぅ
チュン
チュン
うう……起きぬけから
ひもじいですぅ……
ギィッ
よろよろ
……今日もあると
嬉しいのですが……
ああっ!
今日もあるですぅ
コンビニ袋っ!
食べ物ゲットですぅ
でーん
いつもありがとう
"白いコンビニ袋のひと"
……でも食玩の趣味が
濃い目ですぅ……

つづく

第二話
ニューシネマパラダイスだよー!
ドクロちゃんアー!

★0★

本当です。

本当に僕はつい、ついこの間まで、朝は六時四十五分に起き、夜は十一時に布団《ふとん》に入り三十分間の読書をたしなむ、いたって普通の中学二年生だったのです。

そんな僕の人生が粉々《こなごな》になったのは、そう、ちょうどこんな良く晴れたなんでもないある日の夕暮れ。

自室（六畳《じょう》）で宿題でもしようと机に向かった瞬間、その机の引き出しが勝手にものすごい勢いで飛び出して来たのです。

僕はみぞおちを強打。後方へイスごとはじき飛ばされました。

そしてその中からぴょこんと出てきたのは、頭の上に金色のわっかを載《の》せた、とびっきり可《か》愛《わい》い女の子。

彼女こそ、僕を守るために未来の世界からやってきたと言い張る天使、ドクロちゃんでした。

彼女はあおむけに倒れて泡《あわ》を吹いている僕に、ぎしっと引き出しから身を乗り出しました。

そして、まるで台所のテーブルの上にラップをかけたショートケーキを見つけた乙女《おとめ》みたいな瞳で、にっこりと僕に微笑《ほほえ》みかけてきたのです。

僕は吹いていた泡を飲み、息も飲みました。トリハダさえ立ちました。

突然こんな自分の妄想《もうそう》から抜け出したような可愛らしい女の子に微笑みかけられて茫然《ぼうぜん》としない男が、はたしているでしょうか。

大きくていつも潤《うる》んだ瞳。一生ふにふにしていたくなるようなふっくらとして、それでいてすっきりとしたほっぺ。あどけない表情に似合わず、服の上から見ただけでもわかる発育しまくったそのカラダ。

ドクロちゃんはミニのスカートをひらめかせ、引き出しからジャンプ。彼女がその時に見せてくれたモノを僕は生涯《しょうがい》、忘れないでしょう。

「あぁあっ！」

僕は思わず声を出しました。水色のストライプです。今でも鮮明《せんめい》に覚えています。

「きゃッ!!」

ドクロちゃんは顔を赤らめ、とっさにスカートを押さえます。

そして、

「え……？」

彼女は、そのまま空中で引き抜いた重量感たっぷりの『とげとげの鋼鉄バット』で力任せに初対面の僕の顔面をひっぱたきました。

〈ごずぅっ！〉という音と共にその凶器《きょうき》は僕の視界を黒く染め、鼻骨《びこつ》をつぶし、顔面をえぐり取りました。なにかが吹き出して天井《てんじょう》に〈ぱたたたたっ……〉と当たる生々《なまなま》しい音が室内に響きます。

僕はそのままどさりとあおむけに倒れました。その時見た、あの光のトンネルの事を、僕は生涯《しょうがい》忘れたくても忘れられません。

「あぁぁ……ッ！　ご、ごめんなさぃ‼」

すたっとたたみに着地したその少女は、思わず録音したくなるようなくりっくりの可愛《かわい》い声で悲鳴を上げ、そして、

ぴぴるぴるぴるぴぴるぴー♪

彼女はその棘《とげ》だらけのバット『撲殺《ぼくさつ》バット　エスカリボルグ』を魔法のアイテムのように振り回しました。

すると僕のへこんだ顔面は魔法の光とともに、まるでオーブンで焼いたスポンジケーキのようにみるみるふくらんでもとに戻ったのです。

「な……なぁぁ⁉」

僕は混乱した脳みそを揺らしながら、あおむけ四つんばいで壁まで後ずさりました。

そして改めて頭の上にわっかを浮かべた、それはそれは愛くるしい笑顔の少女と、彼女の持つ地獄の門番にこそふさわしい鋼鉄のバットを見比べたのです。

つられたように天使の少女も嬉《うれ》しそうな微笑《ほほえ》みを浮かべ、そんな僕をのぞき込んで来ました。

そんな彼女の瞳から視線をそらすことのできない僕は、その時、こう思わざるにはいられませんでした。

『僕はこの先、いったいどうなってしまうんだろう』と。

——これは、天使のドクロちゃんと人間の僕が繰り広げる、愛と感動に血塗《ちぬ》られた物語。

★1★

桜くんちの屋根の上、
寝っ転がってお昼寝中の
ドクロちゃん

今日は日曜日。

時刻は、小鳥のさえずりがちゅんちゅん聞こえる朝のひととき。僕はいつもどおりに、目覚まし時計の音で目を覚ましました。

「くー……ううう……」

うめきながら布団《ふとん》の中でノビをして、そのまま伸ばした手で目覚ましを止め、薄暗いカーテン越しの光に目をこすり、時計の時間を確認して、僕は言います。

「うそ……っ!!」

硬直した身体《からだ》からごぷっと汗が噴《ふ》き出ました。時計の針が、午前十時を指しているのです。

「んん……んううう……桜《さくら》くんうーるーさーいー……」

そして寝起きでかすれた、か細いドクロちゃんの声が、

「あ、ごめんドクロちゃん、起こしちゃ……」

耳元で。

「って、えええええぇ!?　耳元でぇ!?」

鼻を微《かす》かにくすぐるこの湿《しめ》った甘《あま》い香りは女の子の寝起きの匂《にお》いなのでしょうか!?　僕の目の前には、天使のわっか。

「ひぃぃぃぃ!!　ド、ドクロちゃん……!!」

にわかに六畳間《じょうま》に響いた雄叫《おたけ》びを、僕は無理矢理口をふさいで飲み込みます。一階にはお母さんとお父さんがいるはずなのです。もし万が一、朝からこのような現場を目撃されたら僕は両親に早熟な息子《むすこ》だと思われてしまいます！

「なんで……」

この布団の中の暖かさ、いえ、『熱さ』は、僕一人だけのモノではありません。確かに、いつもは押し入れの中で寝ているハズのドクロちゃんが僕の隣に寄り添うように寝むりこけているのです。

「なんでドクロちゃんが……!!」

白くゆったりとしたパジャマに身を包み、子猫のようにカラダを丸めたドクロちゃん。彼女はそのまま甘えるように口元にこぶしを当てて瞳を閉じています。

「んぅぅ……さくらくん……？」

ドクロちゃんが薄目を開いて小さくつぶやきました。

しかも、ボタンシャツのパジャマは寝苦しいからでしょうか、上から二番目くらいまでのがすでにぃいいイイぃ……!!

(ひぃいあああぁ……ッ!!)

僕のカラダは布団《ふとん》の上でそのままモース硬度一〇です。その天使のかわいらしさはアメリカンショートヘアの比ではありません。

僕は一瞬で違う方向から吹き出てきた汗で背中をべたべたにしました。

そ、そりゃ若い女の子と男の子が一つ屋根の下にいればこんなコトも起こりえる可能性はあります。現に今までも、このドクロちゃんとの生活、色々なコトが起こっています。思わず肌と肌が触れてしまうなんてコトはそれこそ日常ちゃばんじなのです。しかし！　しかしです！　こんな、こんなコトが許されるワケがありません！　まだ……まだ……僕たちは中学二年生なのに……！

僕は全身を喉《のど》にして唾《つば》をごくりと飲み込みました。

いや、もう中学生というべきか……？

その時でした。

「んふぅぅ……」

ドクロちゃんの腕が、僕をぐっと引き寄せたのです。

「はぃ……？」

そして暖かさと柔《やわ》らかさと切なさと心強さが『くにゅううう……！』というか『ぴとぉぉ

お……ん』という具合に僕のカラダの全《すべ》ての神経の集中した部分にッッッッ!!

その瞬間！

（きぇぇぇぇぇぇー!!）

僕の全身は竹槍《たけやり》を持った『革命軍』に占拠《せんきょ》されました。一斉に武装蜂起《ほうき》です。立ち上がれ国民よ!!　だめですぅ！　僕は軍曹殿《ぐんそう》に叫びました。立ち上がっちゃダメぇぇ!!　しかし武装蜂起した我が国民は聞く耳をもってくれません！　なぜですか!?　坊やだからですか!?

「さくら……くん……」

甘《あま》くかすれたそのつぶやき。

そしてさらに、ドクロちゃんの腕がよりいっそうぎゅうっと僕の腰に回され、

「だ、だめだよドクロちゃん！　まだ僕らは……ああ！　でも……！　……んぐっ!?」

僕と、僕の中の革命軍が『うぉぉぉおぉお!!』と、鬨《かちどき》を上げた、その時でした。

「んぐぅぅぉぉぉぉ!!　出ちゃう出ちゃうッ！　なんかでちゃうぅぅうっぅ!!」

ドクロちゃんはまるで歯磨きチューブを絞《しぼ》るみたいに力いっぱい僕の身体《からだ》を締め上げたのです。

「ドクロちゃんドクロちゃん!!　なんか僕、不自然な穴から中身全部でちゃうよぉぉぉ!!」

「むにゃあ……？　ああ、桜《さくら》くんおはよう……」

「離して……！　僕が死ぬ前に離してぇぇ!!」

「きゃっ！　なんで桜《さくら》くんがボクの布団《ふとん》につ……！」

「違うよ！　僕の布団にドクロちゃんが……！」

僕が暗く明滅している視界の中のドクロちゃんに叫んだ瞬間でした。

〈ごきゅん！〉

ドクロちゃんが僕を突き飛ばすように振り抜いた右手の先には、ごっそりと赤黒い肉片と砕《くだ》けた骨片《こっぺん》をこびりつかせた撲殺《ぼくさつ》バットエスカリボルグ。

部屋の壁には僕の上半身の破片が飛び散り、まだ暖かい布団には赤く赤く、中の綿にまで鮮《せん》血《けつ》が染《し》み込んでいきます。

「ああ……桜くん……っ!!」

ドクロちゃんはエスカリボルグを魔法のアイテムのようにクルクルしました。

ぴぴるぴるぴる……！
バットから魔法のキラメキが六畳間《じょうま》に振りまかれ、ドクロちゃんは、
ぴぴる……ＺＺＺＺ……

途中で寝ました。

「あああ！　ドクロちゃん！　お願いだから途中でやめないで！　起きて！　起きてドクロちゃん！　あ、あれ……？　なんかおかしいよ!?　僕の身体《からだ》、なんか……なんか違うヒトになってる！　ああ！　これペリーだよ！　きちんと直してよ！」

僕はドクロちゃんをがくがく揺らしました。

「あ、ごめんなさいぃぃ……」

ドクロちゃんは半分寝たままバットを一振り。

ぴー……♪

「すやすやすや……」

「はぁ……はぁ……はぁ……」

僕は身体を波打たせ、布団をはじき飛ばして起きあがりました。そして元に戻った顔と身体を鏡で点検しながら、寝息を立てているドクロちゃんを見るのです。

ドクロちゃんは何事も無かったように可愛《かわい》らしい寝顔で枕《まくら》に顔を埋めています。

しかたありません。いつもドクロちゃんは休みの日には、ダメな生き物のように午後二時ごろまで寝ているのです。

しかし、それこそ、僕の今日の作戦の鍵を握っているのです。

題して『ドクロちゃんのいぬ間《ま》にデート大・作・戦！』（ロゴが飛び出る）

デートの相手はもちろん、静希《しずき》ちゃんです。

ドクロちゃんが昼まで寝ている習性を利用した、ナイスなアイデアです。

……しまった！　こんなコトをしてる場合じゃありません！　待ち合わせは十一時、このままだと遅刻は確実なのです！

急がねばなりません。もし万が一遅刻などしてしまった日には、今日こそ静希ちゃんとのデートを成功させるという僕の野望は始めから瓦解《がかい》してしまいます。そして、見事成功させたあかつきにはあわよくば……あわよくばっ……！

パンツは新しいモノをはいて行きたいと思います。それは男の心意気です！

僕は着ていたパジャマを勢いよく脱ぎ捨てようとして、ふと、だらしなく今だ眠《ねむ》りこけているドクロちゃんがいることを思い出しました。

慌《あわ》ててズボンをずり上げます。

よく眠ってはいるものの、ドクロちゃんの隣での生着替《なま》えはさすがに気が引けます。

見れば眠りこけているドクロちゃんのパジャマは暴れたせいで、ぐるりとずれておへそが丸見えになってしまっています。

まいりました。このままではドクロちゃんはお腹《なか》を冷やして風邪《かぜ》をひいてしまうかもしれません。ドクロちゃんを部屋に残したまま新世界に旅立とうしている僕ですが、いくらなんでも彼女をこのままにはしておくわけにはいきません。それはたとえ僕が許しても、僕のリョウシンノカシャクが許さないのです。ええ、そうです、もちろんです。僕がドクロちゃんのパジャマを元に戻してあげなければドクロちゃんは風邪を引いてしまうのですから。

呪文《じゅもん》のようにそう唱《とな》えつつ、僕がドクロちゃんの乱れたパジャマに手を伸ばした、その時でした。

★2★

背後が大爆発している中、ジャンプで脱出のドクロちゃん

『だめザンス桜《さくら》くん！　それだけはだめザンスよ！』

突然、カラスのようにしゃがれて甲高《かんだか》い男の声が六畳間《じょうま》に響き渡ったのです。

僕は一〇〇メートル走のクラウチングスタートの「よーい！」の体勢のまま、首を一八〇度、びゅるんとその声の方向に向けました。

開けっ放しの押し入れの中から、それが飛び出ていました。

揺れるピンク色の長大なモヒカン。

そのモヒカンは締め付けられるようにして天使のわっかを貫き、その顔のまぶた、唇《くちびる》、耳に鼻につけられるだけのピアスがじゃらり。痩《や》せたモロ肌の上半身をさらしたその不審人物は、押し入れの上の段からにゅるっと突出しているのです。

『若気のいたりでも、それはまだ早いザンス！　だってユゥ達はまだ中学二年生！』

その変質者の下半身は、ドクロちゃんが押し入れの壁のベニヤ板に無理矢理取り付けたディスプレイの中へと続いています。

「……だれ？」

僕は言いました。

「だれなの？」

『ミィザンスか!?』男はばばっと、自分を抱《だ》きしめるように右手で肩をつかみ、クロスさせた左手で顔面を覆《おお》い、その指の隙間《すきま》から僕を見つめてきました。『……よく、聞いてくれたザンス。ミィの名前は』

〈ぴしゃん！〉

僕は押し入れのふすまを閉めました。

〈どんどんどん（ふすまを叩《たた》く音）〉『開けて欲しいザンスー。桜《さくら》くーん　ミィはドクロちゃんの友達ザンスー』〈どんどんどんどん〉

なおさらだめです。

『あ……これ、ドクロちゃんの下着……うわ！　ドクロちゃんこんなのはいてるザンスか？

（押し入れの中の籠《こ》もった声で）』

〈すぱん！〉

「用件はなんですか？」

『開けてくれて嬉《うれ》しいザンスよ桜くん。ミィとユゥは良き友達になれる予感がするザンス。ミィはドクロちゃんの親友で名前はザンスというザンス。桜くん？　こら、桜くん！　押し入れに上がり込んでなにやってるザンスか！　顔に押し当てて深呼吸しまくるじゃ無いザンス！　……あぁッ！　だめザンス！　桜くんストォップ……!!』

ザンスが僕を必死に羽交《はが》い締めにしました。

『ストップザンス桜くん……!!　感極まってどこに挑《いど》みかからんと!?　両手の指をわきわきさせるのをやめるザンス！　それは確かにドクロちゃんは飛び起きるかもしれないザンスが、そのあと大変なコトになるのはユゥの身体《からだ》!!』

僕はもがきながら言いました。

「なりたい！　大変な身体になってみたい!!」

『左耳から金色の蒸気を吹き出しながらなに言ってるザンスか！　ダメなモノはダメザンス！ミィはむざむざ桜くんにはあんな思いをさせるわけにいかないザンスよ!!』

僕は暴れるのをやめ、振り向いてザンスに言いました。

「〝桜くん……には〟？」

『……!?』

僕の視線に、ザンスは深紅《しんく》の目を見開きました。汗ばむ首とモヒカンをぷるぷると左右に細かく振り……

『……ち、違うんザンス……よ?』

「……あぁ、ザンスさん……ドクロちゃん触《さわ》ったコトが……」

『な、なにを根拠に……！』

「しかたないですよね……相手はドクロちゃんのふくらみですし……」

『しかたなくないザンス!!　あと、ふくらみとか言わないで欲しいザンス……!!』

「そりゃ理性もどこかへ……」

『理性はどこへも飛ばないザンス!!　憶測《おくそく》でモノを判断しちゃダメザンス！　だから違うんザンスよ桜《さくら》くん！　ユゥは勘《かん》違いをしているザンス！　あ、あれは事故！　……そう！　事故だったんザンス……！　ミィは無実なのに！　無実なのにドクロちゃんが……！　ドクロちゃんがミィをッ！』

「あなたとのコトは信じられると……。友達になれると、思ったのに……」

『ま、待つザンス桜くん!!』

「……帰って。もう……帰ってください！　っていうか早く帰れよ!!」

僕はザンスを振り払い、猛然《もうぜん》とふすまを閉めました。

『痛い痛い挟《はさ》んでる挟んでる!!　ユゥはミィごとふすまを閉めてる！　違うんザンス！　ミィは今日ユゥにお話があって来たんザンス！　お願いだからミィの話を聞いて欲しいザンス！』

主人公に指先一つで吹き飛ばされそうな印象を与えるこの不審人物は、深紅《しんく》の眼球を潤《うる》ませて僕を見つめてきました。

「こっちを見つめないでください……!!」

ザンスはふすまに挟まれながら、目をそらした僕に向かって言いました。

『ユゥはそれで良いのザンスか!?　〝天使による神域戒厳会議《ルルティエ》〟から桜くんを守れるのはミィ達しかいないんザンスよ……!?』

ふすまを閉める僕の腕から……ふいに力が抜けます。

『ユゥのコトはきっとドクロちゃんが守るザンス。だから桜くんは決して彼女から離れないで行動して欲しいザンス！』

「えええ――」

『なんザンスかその思いっきり不満そうな顔は!!』

「だってー」

『だってじゃ無いザンス！　何度も言っているようにユゥはルルティエに命を狙《ねら》われている身!!それがどんなことかわかっているんザンスか？　超タイヘンなコトなんザンスよ!?』

「それです！　それが僕には信用できないんです！」

僕は思わず声を上げました。

『信用できない……？』

「信用しろっていう方が無理です！　僕が将来、不老不死《ふろうふし》のクスリを開発してしまうから今のうちに僕を始末するですって……？　それじゃあまるっきり漫画の世界じゃないですか」

『ルルティエはカミサマの領域に踏み込んでくるニンゲンをゆるさないんザンス。それにユゥの発明品は正確に言うと世界中の女の子を十二歳《さい》にしてしまうクスリ、通称ロリコン内服液ザンス。その副作用として不老不死《ふろうふし》ができあがっちゃうんザンス』

「それが一番信じられないんです！　だって僕がそんなコトするわけ無いじゃないですか!!」

『男性だけにあって、女性は持っていない染色体の名前は？』

「Y染色体」

『やっぱりザンス！　ユゥが犯人ザンス！』

「何でだよ！　このあいだ授業でやったから憶《おぼ》えてただけだよ！　もういいかげんにでてってよ！」

僕は男の上半身をディスプレイの中に押し込み始めました。

『いたたた！　なにするザンスか！　やっぱり今のウチにドクロちゃんになにかするつもりザンスね!?　許さないザンスよ！』

「だったら連れて帰ってよ！」

『そうはいかないザンス！　ああっ……！　痛い！　痛いザンス！　ちょっとつねんないで！つねんないで――！』

僕はモヒカンをぎゅうぎゅうディスプレイにつっこみ、転がっていたガムテープでべたべたと画面をふさぎました。

「なんなんだよいったい……！」

冗談《じょうだん》ではありません。僕はこれから静希《しずき》ちゃんとデートなのです。

はッ!!　デートなのです……!!

まったくなんという朝なのでしょう。僕は慌《あわ》てて押し入れから飛び降り、かまうもんかとパジャマを脱ぎ捨てました。

ドクロちゃんのせいでデートの待ち合わせの時間には、もう本当にぎりぎりだというのに、万が一にでもそのドクロちゃんが一緒にいたりなんかしたら、想像しただけでも変な汗が出てきます。

僕は着替えを完了させ、いつものように朝の光が漏《も》れ出てるカーテンを、しゃっと開き、

「まぶしぃぃぃ……（ドクロちゃん）」

閉めたのです！

★3★
ドクロちゃん名所シリーズ
その1

ドクロちゃんと平等院鳳凰堂

それはまったくのなりゆきでした。

そうじゃなかったら、僕はデートの約束なんて、できてはいなかったでしょう。

静希《しずき》ちゃん。本名、水上《みなかみ》静希ちゃんとデートの約束をしたのはこの間の金曜日、昼休みの時のコト。

僕は教室の机で雑誌を読んでいました。その僕の脇を通り、立ち止まり、振り返って僕をのぞき込んできた静希ちゃんは、雑誌に掲載されていた映画の記事を指さし、突然、問いかけてきました。

「桜《さくら》くん、それ、観《み》に行くの？」と。

そして突然のことに僕は思わず、言ってしまったのです。

「日曜、一緒に観に行く？」

静希ちゃんは言いました。

「うん」

僕は耳を疑いました。だって静希ちゃんの『うん』は本当に、「醬油《しょうゆ》取って？」「うん」の「うん」みたいにすごく自然だったから。

だから誘ったのは僕ということになります。

その時から僕のピュアでありロンリネスでもある心臓は、口から出してみんなに触《さわ》らせてあげたいくらいドキドキ脈を打っているのです。（ほら……触ってください……、あ、あぁぁ！　……もっとぉぉ！）

しかしです。

そんな僕は今、崖《がけ》っぷちに立たされていました。

「すいません！　と、通してくださいぃぃ!!」

僕はエスカレーターを駆《か》け上がり、息を切らせて駅の北口に滑《すべ》り込みました。そして駅の壁に付いている時計を見上げるのです。

待ち合わせの時刻、十一時を、すでに二十分ほど過ぎてしまっています。

「し、静希ちゃんは……」

駅ビル前の太い柱。待ち合わせはその柱の下。

いません。

僕は慌《あわ》ててぐるりとその柱を巡《めぐ》り、やっぱりいません。

僕はわき起こってくる不安と焦《あせ》りでじっとりと汗をかいて頭を抱《かか》えました。もしかして、もう静希《しずき》ちゃんは怒って帰って……！

「そんな……！」

地面が崩《くず》れ落ちて、下水と一緒に海まで流れていく道中《どうちゅう》、『やっちゃった妖精《ようせい》』が大勢で僕を包み込んで、そしてどこか遠くインドにでも誘《いざな》おうとしたその時でした。

「だーれだ」

突然響いた女の子の声と同時、僕の視界が突然真っ暗になったのです。背後からそっと伸ばされたちょっと冷たくて、優しい両手によって。

「……!?」

息が止まりました。この手は……この手はひょっとして……

「静希……ちゃん!?」

僕はいきなりのことで戸惑《とまど》いを隠せないまま、反射的にそう言いました。

「あたり」

僕の視界にぱあっと光が戻って、僕が振り向いたその先にいたのは、微笑《ほほえ》みを浮かべ、拗《す》ねたようにきゅっと唇《くちびる》をむすんでいる静希ちゃん。

「桜《さくら》くん、遅い。誘っておいて、それはないんじゃない？」

静希ちゃんはいつもの髪の毛二本縛《しば》りでゴムは水色。デニムのワンピースにスニーカー。そんないつもの制服姿とはひと味違う、ばっちり涼しげな静希ちゃんに僕はますます緊張です。

「ご、ごめん静希ちゃん！　ええっと電車、休日運行っていうことを……」

鋭い静希ちゃんのその視線にシドロモドロな僕は慌《あわ》てていいわけです。（本当はもちろん、朝起きたらドクロちゃんが隣に寝ていたり、なんかモヒカンの男とも色々あったからなのですが、そんなコトは股《また》が裂《さ》けても言えません。時計のアラームもドクロちゃんが『笑っていいとも増刊号』にあわせて変更されたと判明しています）

「うーそ。いいよ」

ふわっと静希ちゃんが弾けるように笑いました。

「桜くんがそんなふうに慌ててるの初めて見たかも」

「そ、そう？」

「うん。桜くん、最近おもしろい」

「そ、そうかな……」

フクザツです。

「ほら、早く行かないと映画館混んじゃう。行こう？　桜くん」

「う、うん！」

僕はそうっと深く呼吸を整えて、涼しく微笑《ほほえ》みかけてくる静希ちゃんに頷《うなず》きました。

どうにか上手《うま》くいきそうな予感がします。だって、理由はどうあれ、静希ちゃんはのっけから僕にあんなコトをしてきちゃったのです。僕は心と身体《からだ》の奥底からわき上がってくる嬉《うれ》しさとドキドキ感にふるふると幸せを嚙《か》みしめました。

その時でした。

「だーれだ！」

がくんっ！　と、僕の頭が抜けるほど後ろに引っ張られたのです。そして僕の視界が突如赤黒くなりました。

僕は言いました。

「ぎぃいいぃぃびゃぁああぁッッあアア!!!」

僕の後頭部から回された、やわらかくぷにぷにした両手が、突如として万力《まんりき》のような無慈悲な力で僕の両目を締め上げて来たからです。

「ひぃぃいいい痛痛痛痛痛!!　つ、つぶれるッ!!　目がつぶれて脳に食い込んじゃうぅぅ!!」

「だぁれだぁ!!」

「ドクロちゃんドクロちゃん!!　こんな禁止技を繰り出すのはドクロちゃんのみ!!」

僕は泡《あわ》を吹きながら叫びました。

「あたりー！」

「あたりーじゃないよ！　こんな悪魔超人でもひるむようなコトをするのはドクロちゃんしかいないよ！　やり方がまちがってるよ！　僕はもうちょっとで顔が潰《つぶ》れてだれでもなくなっちゃうところだったんだよ!?」

「桜《さくら》くん……大丈夫？」

静希《しずき》ちゃんは突然のコトに戸《と》惑《まど》いながら、倒れている僕に不安げにしゃがみ込んできてくれました。

「ぎりぎり……なんとか……」

僕は起きあがり、ドクロちゃんを見ました。パジャマからすっかり着替え、ハートの模様のついた、きみどり色パーカーにショートパンツという格好のドクロちゃんは天使のわっかをキラリとさせて僕を見ています。

僕はそうやって両手を後ろで組んで得意げにこちらを見上げているドクロちゃんに言いました。

「っていうか、ドクロちゃん……なんで!?　ここにいったいなんでどうやって!?」

ドクロちゃんの表情が変わり、彼女はそっとヒミツを打ち明けるようにささやきます。

「だってボク、桜くんの匂《にお》い……憶《おぼ》えてるから……」

「な！　ちょ！　待ってなに言ってるのドクロちゃん!?　そんな誤解されるような……」

「それにボクの匂いも桜くんに……」

「もういいもういい!!　説明しなくていいから！　ドクロちゃんの嗅覚《きゅうかく》がニンゲンよりはるかに優れているのはわかったから！　……で!?　なに？　なんの用なの!?」

僕は静希ちゃんを背後にかばうようにしながらドクロちゃんに尋ねました。

「桜《さくら》くん、忘れ物だよ?」

「わ……忘れ物?」

慌《あわ》てて僕は自分のズボンのポケットをさぐり、胸ポケットまでさぐりました。財布《さいふ》にハンカチ、そして……。

「い、いや、必要なものは全部あるけど……、僕、なにか忘れた?」

「うん、はいこれ。どくけしそう」

ドクロちゃんはそう言って僕に草を押しつけて来ました。

「どくけしそう!? い、いらないよそんなの!! 毒の沼地も毒を持った生き物もこの辺《あた》りにはいないよ!」

僕はドクロちゃんがさしだす草を押し返しました。

「後で困るのは桜くんなんだから、いざっていう時のため一つくらいあったほうがいいよ!」

「いざってどんな時さ!」

「そんなぁ……。せっかくボク、桜くんが心配で……ここまで……」

ドクロちゃんはわざとらしいくらい肩を落とし、どくけしそうを抱《だ》きしめ、背負《せお》う空気に縦《たて》線を入れました。そしてそばにあった柱に背を預けて、そのままずるずると腰を落とし体育座りでずーんと顔を伏せちゃったのです。天使のわっかまでその輝きを失い始めています。

「桜くん……」

そのドクロちゃんの自殺せんばかりのあまりの落ち込みッぷりに、静希《しずき》ちゃんは心配そうに小声で僕の腕をつっついてきました。

困りました。いくらドクロちゃんでも、このままにはしておけません。

「ねえ、ドクロちゃん……？」

僕は肩を震わせるドクロちゃんと向かい合わせにしゃがみ込み、言いました。

確かに、あのアホ天使であるドクロちゃんが、僕のためを思い、たとえどくけしそうだろうともスーパーカミオカンデだろうとも、ここまで持ってきてくれたことは、嬉《うれ》しいことです。

僕は今までのドクロちゃんの行動から、彼女を誤解してしまっていたのかもしれません。

「ドクロちゃん……ええっと、ど、どくけしそう……ありがとう……」

「うん……」

ドクロちゃんはうつむいたまま、首をちょこんと縦に動かしました。一緒に天使の輪も上下します。

「でも、桜くん、いらないんでしょう？」

そこで言葉を切るドクロちゃん。

僕の胸はきゅっと痛みました。ドクロちゃんはショートパンツで体育座りのまま、じっと動きません。僕はそのままでいて欲しいのですが、そうもいきません。

「ドクロちゃん、ごめん……僕はドクロちゃんを誤解……」

そっとドクロちゃんのその肩に僕は手を置いたその時でした。

どさりと、ドクロちゃんがそのまま柱の壁伝いに倒れてしまったのです。

「ど、どうしたの⁉」

慌《あわ》てて僕はドクロちゃんを抱《だ》き起こしました。

「ぅぅぅ……」

ドクロちゃんはぐったりと、まるで眠《ねむ》ってしまったかのように……って、

「……ホントに寝てる‼」

ドクロちゃんはすやすやと、そのまま眠ってしまっちゃっているのです！

「だめ！　桜《さくら》くんそれはだめ！」

「離して！　離して静希《しずき》ちゃん！　僕はこのアホ天使のわっかを投げ捨ててやるんだ！」

天使はその頭上に輝くわっかを捨てられてしまうと、とんでもないコト（お腹《なか》が急転直下でゆるゆる）になってしまうのです。

「ふぅおおおおおおおお‼」

「ねえ桜くんしっかりして！　また耳からなんか『とろっとした透明のなにか』が流れ出してる！」

静希ちゃんは興奮した桜くんを一生懸命《いっしょうけんめい》なだめながら言います。

「それより、どうするのドクロちゃん。このまま放って置くわけにはいかないし……」

「大丈夫だよ！　放っておいてもなんとかなるよ！」

「危《あぶ》ないと思う。最近物騒《ぶっそう》だし……ドクロちゃんこの格好だし……」

「う……たしかに……。ドクロちゃんに限っては、彼女自身が一番物騒な気もするけど……」

僕は駅の床にほっぺをつけてすやすやしているドクロちゃんを横目に、悩みます。さすがにこのままドクロちゃんを野放しにするのは、ちょっと無責任かもしれません。

そして僕が頭を掻《か》きながら改めてドクロちゃんに視線を移した時です。僕はふいにかけられた静希《しずき》ちゃんの言葉に耳を疑いました。

「し、静希ちゃん？　今、なんて言ったの……？」

「だから、一緒に連れて行くしかないんじゃない？　映画館に……」

★4★

深夜ラジオ番組に送る投稿はがきのペンネームに悩むドクロちゃん

「静希《しずき》ちゃん。はい、コーラのMサイズ」

「ありがとう」

僕の左の席には静希ちゃんが上着を脱いで膝《ひざ》の上に置いて座っています。そして右の席にドクロちゃん。（がすやすやと眠《ねむ》っています）

薄暗くて涼しい館内。正面には幕が掛かったままのスクリーン。僕たちのいるのは階段状になった席の真ん中あたり。

あれから結局、僕は必死にドクロちゃんを揺すりまくったのですが、彼女の意識は回復せず、仕方なく駅からタクシーでここまでやってきたのです。

僕からコーラを受け取った静希ちゃんは、さっそくストローをくわえます。

「ん……？」

静希ちゃんはストローを離して言います。

「なに？　桜《さくら》くん、じっとこっち見て。わたしの顔になにかついてる？」

「い、いや……特には……っ」

静希ちゃんに見とれていた僕は慌《あわ》てて前を向きます。

「そう……ふぅん……」

静希ちゃんは首をかしげて、同じく前を向きました。

トイレに籠《こ》もっている間にも、そしてここに戻ってくる間も、僕はずっと考えていたのです。

どうやって、静希ちゃんに告白するべきか。

そうです。そうなのです。

ついにやるのです。

僕は、ズボンのポケットの中の箱が作る小さなふくらみを指先で確かめます。

考えます。

静希ちゃんにきちんと僕の溢《あふ》れ出さんばかりのこの想いを打ち明けなくては、こんなドキドキな関係も、いつかは無くなってしまう事でしょう。

ましてや、僕には今、ドクロちゃんという存在がついて回っているのです。このままでは、加速度的に僕と静希ちゃんとの関係は変質して行ってしまうのは目に見えています。

だから、そうなってしまう前に、今！

「あの……」

「ねえ……」

静希《しずき》ちゃんと僕の声が同時……！　緊張が身体《からだ》を走り抜け、お互いが振り向き合い、その瞳の中に映り込むのは……

「んぅ……ピザピザピザって……」ドクロちゃんの寝言が聞こえます。「二十億回言って……？」

右耳から脳に侵入しようとするその雑音を僕は全力で排除！　どうにか左耳から叩《たた》き出して静希ちゃんに言いました。

「し、静希ちゃんから先にどうぞ……!?」

「桜《さくら》くんこそ、なに？」

そして館内の照明がすとん……と、落とされ、同時に、スクリーンの幕が開ききり、白く、輝きだします。

その照り返しの中に、静希ちゃんの涼しげな顔が浮かびあがりはじめます。僕は言いました。

「あのね、静希ちゃん」

僕は震えだそうとする左足をぎゅっと右足で踏んづけました。

「うん、なに？」

その時、静希ちゃんの瞳は、一言で言うと、嬉《うれ》し、そうでした。その瞳に見つめられた僕は喉《のど》を詰まらせます。

「静希ちゃん、僕、ずっと……」

スクリーンには、映画が始まりタイトルクレジットが浮かびあがり、オープニングテーマが流れ始めます。

だけど、その映画の音も遠くなり……。心臓の、僕の中の音がすごく大きく聞こえて来て。

僕はそれを夢かと思いました。だって、こんな暗いところ……いや、映画館で、隣には静希ちゃんがいて、それで僕が今からしようとしていること……。本当に映画みたいです。このまま僕はどこかに行ってしまいそうです。

僕は勇気をつかみ取るように、ポケットの中にある、目の前の女の子のための小箱を握りしめました。

「静希ちゃん……」

「なに？」

少し恥ずかしそうに返事をする静希ちゃんの瞳を見たとたん、僕の意識がつかの間《ま》吹き飛びます。

……それは、ドクロちゃんがこの世界に現れる少しだけ前のコトでした。

とある休日。僕と静希ちゃんは、繁華街のデパートで偶然出会ったことがありました。

今でもよく憶《おぼ》えています。

場所はアクセサリーショップの前。

通りがかった僕は、ふと、そこにいる少女に見覚えがあることに気が付いたのです。女の子はショーケースの片隅を見つめていました。

心臓が一回だけ脈を打つのを忘れました。

静希《しずき》ちゃんでした。

僕は思わず静希ちゃんに声をかけようとして、ためらい、なにげなく彼女の視線の先をたどりました。

そこにあったものの銀色の輝きや形を、今僕はあの時以上によく思い出せます。

僕はポケットの中でにぎった小箱をそっと取り出し、

ゆっくりと、

「ずっと、僕は……」

その言葉が僕の喉《のど》からこぼれ落ちる、まさにその時でした。

ぴんぴんぽろりん♪　ぴんぽろりん♪　ぴろっぴろろろん♪　ぴぽりろー♪

映画館内に、まるで二歳《さい》児が電車の中で歌っている『自分自身のテーマ』のような音楽が十六和音で高らかに鳴り響いたのです。

「!?」

凍《こお》り付きました。

僕はこの曲を知っています。

これは、ドクロちゃんが自分で作った『ドクロちゃんのテーマ』です……!!

音はまごうことなく、僕の右隣のドクロちゃんから鳴り響いています。

僕は次の瞬間には、残像ができるくらい素早くドクロちゃんをボディチェックしていました。

「ここか——！（しゅばばばばばー）」

発信音と共にバイブレーションしていた『それ』は、すぐにパーカーのポケットから見つかりました。

ドクロちゃんはちょっとうるさそうにもぞもぞするだけで、一向に起きる気配がありません。

僕はドクロちゃんのほっぺを思いっきり引っ張ってどこまで伸びるか限界を試したくなる衝動《しょうどう》をこらえ、彼女のポケットから鳴り響く物体を引っ張り出しました。

それは、予想に反して携帯電話ではなく、十五センチくらいのずっしりとした黒い円錐形《えんすいけい》の物体です。

「うわわわわわわ……！」

発信音はポケットから出したせいで余計にやかましくなり、こっちに向け始められた周囲の視線とざわめきにうろたえながら、僕はその黒くてつるつるした物体をいじくり回しました。

たんたらら♪　たらたらたたらら♪　たたたたたったらー♪

サビに突入し始めるドクロちゃんのテーマが僕を焦《あせ》らせます。

「どうやったらこれ、止められ……！」

その時、ふいに込めた力で〈すこん〉と真ん中からそれはスライド。銀色の内部構造が見えるような形になって、黒い円柱は鳴り止みました。

「……、ふぅぅ……」

殺気立ち始めていた周囲の気配が、少しずつ薄らいでいくのがわかります。僕はすくめていた首をゆっくり伸ばし始めました。

「さ……桜《さくら》くん、それ、なに……？」

静希《しずき》ちゃんも動揺気味の声で僕にささやいてきます。

「わかんない……。でも、なんかやばそう……」

僕の予感は的中しました。

なんか出てきたのです。

『遅いザンスよドクロちゃん！』

それは小さなレンズから立ち上がるようにして半分だけ透き通った、ピンクのモヒカンの男でした。細いサングラス、その耳や唇《くちびる》にはつけられるだけピアスが貫通していて、素肌の上に、黒い革《かわ》のジャケットです。

まるで着せ替え人形シリーズの「ダメな友達その一」のようなその姿。彼は激しいジェスチャーをストップさせ、僕の目をぽかんと見つめました。

ザンスです。

僕は無言でその携帯をスライドさせ〈かちゃん〉と元に戻しました。

ぴんぴんぽろりん♪

〈すこん〉

『おお！　ユウは桜くんザンスね!?　あれ？　ドクロちゃんは』

「ちょっと静かにしてください！」

〈かちゃん〉

ぴんぴんぽろりん♪

〈すこん〉

「なんなんですか！　訴えますよ!?」

『切るなんて酷《ひど》いザンス！　それより聞くザンスよ！　今ソッチにサバ』

〈めきゃ〉

僕はその物体をフルパワーでへし折りました。もうモヒカン男はノイズを散らして消滅ですよ。

「はぁ、はぁ、なに？　鯖《さば》……？」

「さ、桜《さくら》くん……」

静希《しずき》ちゃんが、はたはたと僕の肩をつっつきます。

「もう平気だからね、静希ちゃん……」

僕は言いながら安堵《あんど》の気持ちを込めて、静希ちゃんに首を向けると、

「ち、ちがうの、あ、あれ見て……」

彼女は戸惑《とまど》いと困惑《こんわく》を足して二で割ったような具合で僕の服の袖《そで》を引っ張ります。

そして静希ちゃんが指さした方向にあったもの。

それはまぎれもなく、天使のわっかです。

「え……？」

それは右手の通路から、階段状になった館内の闇《やみ》の中を、ゆっくりとこちらに向かって登って来ています。

「あれは……」

ちらりと見えた天使の輪の下には丸くねじれた角、クリーム色の髪の毛……、あれは、

「サバトちゃん……！」

「あぁ……！」

サバトちゃんと目が合いました。

「ちょ、え……!?」

「あぁ……ちょっと通してですぅ〜。ごめんなさいですぅ、通してくださいぃぃ〜」

金色のわっかを頭に載《の》っけた少女は僕たちの列（J列）にたどり着きます。そして腰をかがめ、見ているこっちがもうしわけなくなるほど他《ほか》のお客さんにぺこぺこ頭を下げながら、僕たちに向かってどんどん侵入してくるのです。

「どうしてサバトちゃんがこんな所に……!?」

サバトちゃんは眠りこけて足をどけようとしないドクロちゃんをまたぎ、僕の脇に立つと
〈ひゅるるっ〉と泣くときみたいに息を吸いこんで
「やっと見つけたですよぉ桜くん!!」

「し――――、サバトちゃんし――――！」

僕は思わずというように声を出したサバトちゃんに人差し指を立てました。

「あぁぁ、ごめんなさいですぅ……‼」

サバトちゃんはそのまましゃがみ込むようにして、声を小さくしました。僕は尋ねます。

「どうしたの……？　もしかしてサバトちゃんも映画を観《み》に来たの？」

「な、なにを言っているんですぅ⁉　今日こそサバトは……！」

「し――――！」

「あわわわ……しぃぃぃぃ……！」

僕が立てた人差し指につられるように、サバトちゃんも自分の指を立てます。

「……で？　なにをしに来たの？」

「ええと、だからですね、サバトは」

「し――――！」

「あわわわ……しぃぃぃぃ……！」

小さく咳払《せきばら》い、サバトちゃんは言います。

「ええとだから……」

「し――――！」

「いい加減言わせてくださいですぅっ！」

サバトちゃんは涙目になり始めました。

「サバトは今日こそ拉致《らち》り殺しにきたんですよぅ!!」

「……だれを？」

「……だれを？ じゃないですぅぅぅ！」

サバトちゃんは相変わらず目の下の可哀想《かわいそう》なくらい黒紫色のクマをこすってまくしたてました。

「サバトは桜《さくら》くんを拉致り殺しに来たって言ってるんですぅ！」

「まだ、そんなコト言ってるの……？」

「なんですかぁその熱のこもってない受け答えは！ サバトばっかりがバカみたいですぅ！」

「サバトちゃん、何度も言ってるでしょ？ 僕はそんな、サバトちゃんに狙《ねら》われるようなコトは絶対やらないって」

「するんですよぉ！ 桜くんはそのロリコンの度合いをこれからますますもがぁ、もぐぅぅぅ……！」

「だから声が大きいよサバトちゃん！ さっきから僕たち目をつけられてるんだから！」

僕はサバトちゃんの口を右手でぎゅっとふさいで、びくびくと頭を低くしました。

「もごぁ……それだけじゃないですぅ！ サバトは、サバトはあれから、桜くんのせいで……」

その戒《いまし》めをサバトちゃんは両手でずらし、そして、その眠《ねむ》たげに垂れた瞳からはらはらと涙を流し始めたのです。

「ど……どうしたの!?」

「……サバトは……サバトはあれからずっと、寒くて暗くてひもじい橋の下暮らし……」

そう言えばサバトちゃんは僕たちの通う聖ゲルニカ学園のワインレッドの制服姿のままです。もしかして。

「学校近くの橋の下に最近住み着いた不審人物って……サバトちゃんのコトだったんだ……」

「だからお命、頂戴《ちょうだい》ですぅ！　サバトは桜《さくら》くんをぶち殺せば未来の世界に帰って暖かい布団《ふとん》とおいしいパンが食べられるんですぅ！　大丈夫です、すごく痛いだけで、後は何にも感じなくなるですぅ！」

サバトちゃんは両手で、シロナガスクジラも一瞬でウエルダン、『超電磁《でんじ》スタンロッド　ドウリンダルテ』を握りしめて顎《あご》を仰《の》け反《ぞ》らすように上を向いて涙を拭《ふ》き、〈ずずずずー〉と鼻をすすりました。

「それはとてもイヤだよ！」

「桜くん……！」

コトのなりゆきをそばでじっと聞いていた静希《しずき》ちゃんが僕の腕をひしっとつかんできました。

「桜くん、殺されちゃうの？」

「なるべく殺されないようにしたい。でも、なんか今回はサバトちゃんの私怨《しえん》も混じってるっぽい」

その時です。

〈ずぱッ！〉

映画館の闇《やみ》を貫く青い閃光《せんこう》。

〈ずぱぱぱぱぱぱぱぱぱぱぱぱッ！〉

サバトちゃんのスタンロッドが雷光を放ち始めました。青白く下から照らし出されたサバトちゃんはその目の下の凄惨《せいさん》なくまのおかげで、とってもデインジャラスな表情になっています。

僕はひるみました。

「うわわわわわわわわ、この天使マジだよ！　ああそうだ！」

なんで僕は今まで気が付かなかったんでしょう……！

「ドクロちゃん！　あんたこういう時のために僕につきまとってるんでしょ!?　起きて！　起きいてぇぇぇよぉぉぉ!!」

僕はゆさゆさとドクロちゃんの肩を揺らしました。しかし、

「なんで起きないのさ！　ドクロちゃん！　僕、殺されそうだよ!!」

「ぅぅぅぅ……ん……」

ドクロちゃんはうるさそうに眉《まゆ》をしかめ、僕の手をぴしゃりとひっぱきました。

「痛ぁあっ!!　ッえええええ!?　ドークロちゃーん!?」

「ふっふっふっふ。桜《さくら》くんの命運もついに尽きたみたいですねぇ。ドクロちゃんの寝起きは作

者のパソコンの起動くらいわるいんですぅ。いつもヒヤッヒヤするですよぉ！」

〈ずぱぱぱぱぱぱぱぱ……ッ！〉

にたりと微笑《ほほえ》むサバトちゃんは、理科の実験で使う放電機を趣味が高《こう》じて違法改造する科学の先生でも作り出せないようなスパークをまき散らします。

「それでは……桜くん……」

僕の目の前にスタンロッドが突き出されます。僕はイスに腰を深く沈めすぎて、立つことさえ不可能です……！

「アディューですぅぅぅ!!」

サバトちゃんはその必殺のスタンロッドを振り上げ、そして振り下ろし、まさに……！

「ぬぁあぁッ!!」

ヒトは……！

ヒトは、死が目の前に迫ると、身体《からだ》に眠《ねむ》っていたその能力を最大限に引き出し、災難《さいなん》から逃れるコトができると言います……！　黒いコートとサングラスの外国人がやってました！　映画で観《み》ました！

僕は理由も無しに直感、確信いたしました。

できる。

今なら……今なら僕は、不可能だって可能にできる!!

〈ひゅぱぁぁんッ!!〉

突然、僕の周りが自分が奏《かな》でる鼓動《こどう》にあわせ、スローモーションになりました。

〈どっくん……！〉

頭上から僕に迫り来るは、青白い蛇《へび》のようなスパークをまき散らすサバトちゃんのドゥリンダルテ。

〈どっくん……！〉

僕の左隣ではそのスパークに驚き、とっさに目をつぶって身をかばう静希《しずき》ちゃん。

〈どっくん……！〉

今、僕はおもむろに右手を広げ……かざし！

「な、なにをやろうと無駄《むだ》ですぅぅ……！」

一瞬ひるんだサバトちゃん、
しかし、もう遅いのです！

〈どっくん……！〉

僕はためらいもなく『ドクロちゃん』の〝ふくらみ〟へ、その神速《しんそく》の手の平を……！


ぷにゅっ。

指先から伝わり、身体《からだ》中の神経を逆撫《さかな》でようとするその感触。

小さなカラダのドクロちゃんだから、いつも余計に目立ってしまう、そのふくらみ。今、それは僕の手の平を優しく包み、同時に元気よくはねのけようとしています。

その幸せな感触に直撃された僕は、心の中の『イエーイ、イエーイ』という雄叫《おたけ》びをこらえるのに精一杯です！

そして僕の手の中が、おびえた小動物のようにぴくんッとふるえたその次の瞬間、

「ふぁぁあッ！」

ドクロちゃんのカラダと喉《のど》が痙攣《けいれん》し、声が跳《は》ね上がったのです。

……そう、なにをしても目覚めないドクロちゃんの……急所……!!

今朝ザンスが止めてくれていなければ、僕はこうして危《あや》うくドクロちゃんを起こしてしまうところだったのです……！

しかし、それが今なら……！

「あ・あ・ああッ……!!」

一瞬で開ききる瞳！　……成功です！　これで助かります！

しかし、ドクロちゃんはそっと自分を守るように、ぎゅっとカラダを抱《だ》きしめました。そしてふるふると上目遣《うわめづか》いで僕を見つめてきました。

「……え？ ド、ドクロちゃん……？」

赤く潤《うる》みきり、信じられないモノを見たと言わんばかりのドクロちゃんの瞳。

「!?」

僕は戦慄《せんりつ》しました。

その瞳が、微妙に〝こっちを見ていない〟のです。

ドクロちゃんの瞳孔《どうこう》……開きっぱなしです!!

その瞬間、ドクロちゃんの驚愕《きょうがく》と恥じらいが決壊《けっかい》しました。

「……いやぁあああああぁぁ!!!」

言葉にならない感情が彼女からほとばしり……、右手で胸元を押さえ……！

「ちょ……！ だってドクロちゃんいつもそれ僕に押しつけたりするじゃ……！」

左手で直前動作無しでエスカリボルグを、

「ええええええ!?」

直突《じかづ》きです！

よろけた先に、見えたのは、あっけに取られていたサバトちゃんッ！

藁《わら》にもすがる思いでした。

「はぃぃぃぃ!?（サバトちゃん）」

次の瞬間、
どぽぉっ!!

その鋼鉄のバットは、ずっしりと、僕がとっさに盾《たて》にしたサバトちゃんの下腹部にめり込んだのです。

「うきゅうッ……!?」

一瞬でした。

サバトちゃんのカラダが打撃点を中心にしなるように吹き飛び、〈きゅぎんッ！〉と天使のわっかが僕のイスの背もたれに食い込んだのです。

「うっく……！」

のしかかって来たサバトちゃんに僕はうめき、なかば彼女を抱《だ》きとめながら言います。

「ああ！　どうしよう！　サバトちゃんが……!!」

僕はサバトちゃんを揺すります。ダメです。とてもダメな感じにぐったりです！

「桜《さくら》くん……だいじょう……ぅわっ」

顔を覆《おお》っていた両手をおそるおそる降ろした静希《しずき》ちゃんは、僕の腕の中で気を失っているサバトちゃんを心配そうに見ています。

僕はなんとか静希《しずき》ちゃんを安心させなくてはと、サバトちゃんの手首を掴《つか》んで、かくかくさせながら言いました。

「……なんか、予定してたのとは違ったけど……どうにか……」

白目を剝《む》いているサバトちゃんに怯《おび》えながらも、静希ちゃんは言います。

「そう……よ、よかった……」

「う、うん……、一時は僕もどうなるコトかと……」

意外に重いサバトちゃんをいいかげん押しのけようとしながら、僕も静希ちゃんに苦笑いを返し、

「でも、なんとか助かっ……」

と、その時、

……それに僕が気が付けたのは、ドクロちゃんの周りの空気が動いていたからです。

「……って」

目だけでソッチをみると、イスに座ったままもドクロちゃんから、ゆらりゆらりと、闘気《とうき》が揺らめき上がっています。そしてその闘気は空中で鬼《おに》の顔です。

「えぇぇ……？」

僕の脳天から、ぶわっと汗があふれました。

ドクロちゃんの瞳は、この映画館の中でも一際《ひときわ》深い影をつくりだしていました。震える右腕で胸元をすくうように押さえ、左手にはエスカリボルグを握り……

「サ……さく、ラくん……？　さわっタね……？　ボクの……ボクノ……!!」

ドクロちゃんの声は震えて抑揚《よくよう》もおかしい具合になっています。イスのドリンクホルダーに置いてあるコーラの表面が激しく波立ちはじめました。

「な、あ、……ちょっとまってドクロちゃん!?　だ、だってそれはドクロちゃんがピンチになっても起きてくれないから……！　そ、そうだよ！　ドクロちゃんがいけないんだよ!?　だから僕は仕方なく……そう！　本当にしかたなく！　う……ッ！　……ほ、ホントウダヨ……？　僕にはこれっぽっちも……、あ……ああッ！　ほら、ドクロちゃん？　映画館では、お静かに！　もう手遅れだけれども！　お客さん、もう、みんな、出てっちゃってるけれども！　ほら、マナーは……、ご、ごめん！　本当にごめん！　いや！　ああ、ほら、サバトちゃん起きて！　盾《たて》にしてごめん！　だから、どいてぇぇ!!　あああ！　せっかく生き残ったのに！　助かったと思ったのに！　ほ……他《ほか》のものならなんでもいい！　ドクロちゃん、だからそれだけは！　それごぼあッ」

ぴぴるぴるぴるぴぴるぴ〜♪

★5★

電車の中で隣のヒトの
漫画雑誌を勝手に
めくり始めるドクロちゃん

「ねえ桜《さくら》くん！　寝ちゃわないで！　起きて！　ねえ遊ぼうよぉ～」

僕の脳裏に、静希《しずき》ちゃんの後ろ姿が浮かび上がり、自動的に喉《のど》の奥から絞《しぼ》り出すようにため息が抜けて行きます。

「はぁぁぁぁ……」

「桜くぅぅぅぅぅ〜〜ん」

今朝からしきっぱなしの布団《ふとん》にうつぶせにヘタった僕を、ドクロちゃんはマグニチュード八くらいの勢いで猛然《もうぜん》と揺すってきます。

あれから。

僕たちは映画館の支配人に、ぐったりと気を失っているサバトちゃんを生《い》け贄《にえ》にさしだし、映画館から脱出しました。

そんなこんなでデート大作戦は大失敗です。（『デート大作戦、大・失・敗！』（ロゴが飛び出る）

おまけに、あの映画館での騒動が終わってみれば……

「はぁあぁ〜〜〜、どこいっちゃったんだろう……」

ポケットの中に、あの小箱が、見あたらないのです。

僕はもう一発、魂《たましい》が抜けるくらい特大のため息を吐《は》き出しました。

……それはきっと、静希ちゃんの指にとても似合うはずだったのです。

「もう、桜くんさっきからため息ばっかり！　幸せが逃げちゃうよ？」

「ドクロちゃんが言わないでよ！　じゃあもう薄着でウロウロしなよ！」

僕は自分でもよくわからない事を言って布団をかぶりました。それもこれもドクロちゃんが悪いのです。

「ええええ〜ボクはぜんぜん眠《ねむ》くないよぉ！　起きてよ！　一人じゃつまんないよぉ！　とりゃー」

「ごはぁ!!」

ゴウを煮やしたドクロちゃんが僕の上に飛び乗りました。僕は海老《えび》ぞりにそり返り、布団と一緒に元に戻ります。ドクロちゃんはその上をもぞもぞとほどよい重さで動きまわって、

「じゃあボク、桜くんに本を読んであげる！」

ぴたりと、僕の上で動きを止め、ドクロちゃんは布団をめくって僕の顔をのぞき込んできました。僕の心はふいに暖かくなりました。そう言えば幼い頃、お母さんによく、寝る前に本を

読んでもらったものです。

目を開くと、天井《てんじょう》の丸い蛍光灯の光が差し込んできて、ドクロちゃんの顔は薄く逆光。目をこすって、僕はドクロちゃんを見ました。

「うん……それぐらいだったらいいけど……なんの本?」

「ええっと……フランダースの……」

ドクロちゃんは楽しいイタズラを思いついた子猫みたいに四つんばいのまま、本棚から本をひっぱりだします。しかしドクロちゃんも粋《いき》なチョイスをしてきます。フランダースの、

「犬奴隷《どれい》……」

「ええッッ!?」

「読むね?」

「ちょ、ちょっとまって!? 今、なんて言った!?」

『むかしむかしあるところに人間のネロと犬のパトラッシュがいました』

「う……うん」

ドクロちゃんはその本を太股《ふともも》の間に広げ、まるでお母さんのように感情を込めて読み始めました。

『あぁあッ♡ だめだよパトラッシュ……、パトラッシュ!』

「うわー! なに読んでるの! それ本当にただの犬!? ちょっとやめてよドクロちゃん!

眠《ねむ》れなくなっちゃうよ！」

『くぅぅんくぅぅん……ご主人さま。わたしは犬でございます……』

「やめてドクロちゃん！　お願いだから眠らせてぇぇ……」

★

湯気のうずまくピンクのタイルのバスルーム。

静希《しずき》ちゃんは顔を両手の平でぬぐって、一息つきます。

そして再び、湯船に肩までつかり、あおむけに湯気で霞む天井を見上げ、今日一日あったことを思い出しました。

目を閉じると、深くてゆっくりとしたため息が出てきます。

静希ちゃんはもう一度、息を吸って、湯船から握った左手を出して見つめます。

そして目の前でゆっくりと指をほどいてゆきます。

手の平には、小さな銀色のわっかがお湯に濡《ぬ》れていました。

映画館から逃げ出すときに、桜《さくら》くんのポケットからこぼれ落ちた小さな箱。

拾い上げて桜くんにかけようとした声が、喉《のど》で止まりました。

蓋《ふた》が開いていたのです。

そこには、ずっと前からあこがれていた指輪が、一つ。

湯気を吸い込み、お風呂特有の天然のリバーブを響かせて、静希《しずき》ちゃんは言いました。

「桜《さくら》くんの、ばーか」

家無き子だよ! サバトちゃん! その2

〝白いコンビニ袋のひと〟に
食べ物をもらう日々……
微生物フィギュアも
コンプリートですぅ
ひとめでいい……
〝白いコンビニ袋のひと〟
にあって お礼に
参りたいですぅ……
いっ いつも
ありがとう
ございますぅっ!
ポッ
お礼参り
ビリ
ビリ
うぎゃおぅ!!
……それにしても
日本流のお礼は
バイオレンスですぅ……

つづく

家無き子だよ！サバトちゃん！ その3

〝白いコンビニ袋のひとに〟
おれをするべく
まちぶせですぅ
キッ
キター!!!
ガサッ
〝白いコンビニ袋のひと〟
……ってより
ビニールマン〈ホワイト〉って
感じの方ですぅ……
びくぅっ
ワンワン

つづく

子犬物語だよ！ドクロちゃん！

第三話

★1★

ヘリコプターに
激しく手を振り続ける
ドクロちゃん

「ただいまー」

　玄関のドアを開けたら突如《とつじょ》、

「おかえりなさい桜《さくら》くーんっ!!」

〈シュポーンッ!!〉

　スーパーニコニコなドクロちゃんがこっちに向けてシャンパンを抜き、飛んできたコルクが僕の眉間《みけん》に命中。

　僕は昏倒《こんとう》しました。しゅわわー。

「あぁあー、口から桜くんにそっくりなもやもやした白いものが上昇してるよー？　なにこれ——」

　ドクロちゃんは正座した太股《ふともも》の上に僕の首を固定、口から伸びる白いもやもやを喉《のど》の奥から引きずり出しはじめました。僕は目覚めて叫びます。

「やめてー、僕、昇天しちゃうよ——!」

僕はドクロちゃんの手により抜かれかけていた魂《たましい》をじゅるじゅるッと吸い込み、そのままごくりと飲みました。

「(あの世から) おかえりなさい桜くんッ!!」

「(あの世より) た……ただいま……ドクロちゃん……」

今日は平日、時刻は午後五時。

僕は六時間目の授業を乗り越えて、やっとこさ学校 (とあの世) から帰宅してきたところです。

では、なんでドクロちゃんが既に家にいるかというと、彼女は三時間目の国語の授業が嫌いな作文だったので、とっとと早退しちゃったのです。僕の机の上に『もうあなたとの生活にはつかれました。おやつは三百円分用意して、自分でちんしてたべてください』と書き置きを残して (しかたなく僕がドクロちゃんの早退手続きをとってあげました)。

僕は意識をモウロウとさせたまま、バクバクしてる心臓に手をあてて言います。

「それよりドクロちゃん……今日はいったいなに……? 玄関なんかで……シャンパン抜いて……もしかして、僕をお出迎えして……」

言いながら僕は気がつきました。僕はドクロちゃんに膝枕《ひざまくら》されて、彼女を見上げています。

そして改めてドクロちゃんの格好に気がつくのです。ドクロちゃんは小さな白い肩がまるだしのノースリーブシャツに膝丈《ひざたけ》のオーバーオール。ほっぺには丁寧《ていねい》に絆創膏《ばんそうこう》まで貼《は》ってあります。

まるで可愛《かわい》らしい男の子みたいになってる彼女ですが、今はその少年っぽい格好がかえって彼女の胸元を押し上げる結果となり、ドクロちゃんの発育の良さを強調してしまっています。

そんなドクロちゃんは僕の顔をのぞき込んで言うのです。

「ほらぁ、早く起きて？」

思わず僕は「もう起きてるよ」と言いそうになったのを咳《せ》き込んでごまかし、男らしく無言で起きあがりました。そして落としてしまったカバンを拾《ひろ》……

「ん……？」

拾おうとしたカバンが、動きません。見ればドクロちゃんの両手がしっかりとカバンを掴《つか》んでいるのです。

「……なに？　ドクロちゃん……」

「カバンはボクが持ってあげるの！」

「は、はい!?」

イキナリの申し出に虚《きょ》をつかれた僕は、ドクロちゃんからカバンを奪われてしまいます。

「ちょ、ドクロちゃん!?　まって!!　なに？　なにするの!?」

緊急事態が発生、あのカバンの中には僕のライフワークである静希《しずき》ちゃんと僕の一人交換日記が入っているのです。一人交換日記とはその名の通り【僕→静希ちゃん（になりきった僕）→僕→静希ちゃん（になりきった僕）】と順番に交換して書く日記のコトです。今日はすこし落ち込んでいた静希ちゃん（もちろん恋の悩みです）を励ますために、僕はいつもの通り元気と勇気の出る詩《ポエム》）を書いたのですが、今となっては僕はいったいなにをしているのでしょうか。

ドクロちゃんは、そんなコトにはお構いなしに僕のカバンをその胸に抱《だ》きしめ、くるっと回れ右。廊下をスキップ、かろやかに階段を登り始めます。

「えへへ……♪」

「ちょ、ちょっと待ってよ――！」

僕は慌《あわ》てて靴を脱ぎ、階段を登るドクロちゃんを追いかけ、細心の注意を払いつつ言うのです。

「ねぇドクロちゃん、いいよ、僕が持つから！」

「いいのッ、ボクが持ってあげるの――っ！」

「ド、ドクロちゃん……！」

こ……このままでは、いつも通りドクロちゃんはなんのためらいもなくカバンを開け、僕のソウルフルな詩《ポエム》を朗読（『僕はキミの靴になりたい。靴になって毎日踏まれたい』）、そして僕がそれを取り返そうとして誤ってドクロちゃんの敏感な部分を触ってしまい撲殺《ぼくさつ》される（「わー読まないでー！　もう返しべみッ！」ぴぴるぴるぴるぴぴるぴー♪）はず……。

「……どうしたの？　桜《さくら》くん……」

なのに……。

これは現実なのでしょうか……。部屋に戻ってきたドクロちゃんはそのカバンを、僕がいつもそうするようにイスの上に置いたのです。

「う……うぅん!! なんでもない! ありがとうドクロちゃん……!」

僕はほっと胸をなでまわしながら、カバンごと机の引き出しにぶち込みます。

「ねーねー……」

くいっと制服の袖《そで》をひっぱる感触。

「な、なに? ドクロちゃん……!?」

「ねえ、制服脱がないの? 桜《さくら》くん」

あふれる笑みをこらえるように、ドクロちゃんが僕を上目《うわめ》遣《づか》いで見つめてきます。

「え、あ、脱ぐけど……」

「脱がしてあげる!」

「え? ちょ……っ」

ドクロちゃんはあっという間《ま》に僕の背中から上着をするすると脱がし、それを手際よくハンガーに掛けて壁につるします。

「あ……ありがとう……」

意外にもきれいにハンガーに掛かったブレザーに見とれていたら〈カチャリ〉という音がお

腹《なか》のあたりで聞こえました。

　トッサに見下ろせば、

「オあアアッ……!!　なにすんのドクロちゃんッ!!」

「したもー！」

　ひざまずいてベルトに指をかけていた天使の少女は上機嫌で僕を見上げます。

「いいからッ！　下は自分であとでなんとかするから……!!」

　僕は慌《あわ》てて飛び退《の》き、変な汗をぬぐいます。

「もう、いったいコレは……」

「じゃあ……桜くぅん……」

「な、なにドクロちゃん……」

　ドクロちゃんは潤《うる》んだ瞳で僕を見つめて言いました。

「先にします？」

「な、なにを……？」

「それとも後にします？」

「え、なにを……？」

「それとも……（頬《ほお》を染め、視線をそらし）……ボク？」

「だからなにを!?　ドクロちゃん意味わかってやってる!?　なんなのドクロちゃん？　さっき

からおかしいよ？　いや、おかしいのはいつものコトなんだけど……。なにか、特別にイイコトでもあったの!?」

「……イイコトって？」

ドクロちゃんはひざ立ちのまま、僕に目をぱちくりしてきます。

「た……たとえば、この間応募したイエス・ノーまくらが当選したとか、ついに自分で投げた柱に飛び乗り聖地まで飛んでいけたとか……」

「あ――!!」

突如手をぽむんと叩《たた》き、ドクロちゃんは声を上げました。

「え!?　なに!?　どうしたのドクロちゃん!?」

「今日のおやつはねッ！」

「お……おやつ？」

「うん！　桜《さくら》くんの大好きなものだよ？　なんだと思う!?」

「え……僕の好きなモノ？　プ、プリンかな……」

「おしい！　じゃあ、ボクが持って来てあげるね!!」

ドクロちゃんはしゅるんと部屋を出て、とたとたと階段を降りて行きます。急に静かになった部屋に、僕が残されました。

……これは……いったい、なんなのでしょうか…………

いいえ、答えは明白です。ドクロちゃんが僕に（やり方はどうあれ）カイガイしく、まるで新《にい》妻《づま》のように僕にお世話しようとしているのです。

問題は、その理由です。

やっぱり……これの裏には絶対なにかがあるのです。あのドクロちゃんの微笑《ほほえ》みの奥に隠されたメッセージはいったいなに……!? 考えろ！ 思い出すんだ草壁桜《くさかべさくら》!! ……もしかしたら、僕を撲殺《ぼくさつ》百回突破記念!? ……いや、それはこの間ケーキとプレゼント（中味はヘルメット）まで買って祝ったばかりだからありえねえ。

鼻から大きく息をすって、口からゆっくり吐《は》き出します。だめだ、それ以外なにも思い当たらない……！ 必死に記憶を過去にサカノボロうとしたとき、階段を上がってくる音、続いてすぱーんとふすまが開き、

「牛乳ももってきたー！」

おぼんにおやつと牛乳とコップを載《の》せて帰って来たドクロちゃん。僕は勇気を出して言いました。

「ねえ……ドクロちゃん……？」

ドクロちゃんはお盆《ぼん》をたたみの上に置きながら答えます。

「なぁに？　桜くん」

「今日ってひょっとして、なにかの……」

僕の言葉がそれ以上続かなかったのは、目の前のたたみの上に置かれた『おやつ』のせいです。

「……ド、ドクロちゃん……？」

「なぁに？」

「これは……」

僕はオソルオソル、お皿の上の〝それ〟を震えるお箸《はし》で持ち上げました。

「……これはなに!?」

「本日は桜くんの大好きなモノを甘辛《あまから》く煮てみました」

「これ僕の好きなモノなの!?　えぇぇ……なんなのこれ——!?」

ドクロちゃんはにっこり、

「フリル付きエプロン」

「あああああっ!!　本当だ！　これウエイトレスさんとかが着てるフリル付きのエプロンだ!!」

「もちろんボクが一回着てから……」

「そ、そういう問題じゃないでしょう!?」

「直《じか》にだよ!?」

「いつ!?　いつ直に着用したの!?　なんでドクロちゃんは僕のいない時にばっかりそういうコ

トをするの!?　っていうか、そうじゃないでしょ!?　僕は食材じゃないものを甘辛《あまから》く煮たりしちゃだめって言ってるの！　あーあ……こんな真っ茶色にしちゃって……」

僕は甘いお醤油《しょうゆ》まみれの、昔は白かっただろうふりふりのエプロンをお箸《はし》で皿の上に広げます。

「だ、だって桜《さくら》くんこの間、ブリを甘辛く煮たヤツ好きだって……！　あとフリルのついたエプロンも……だから、ボク……」

「確かに僕はどっちも大好きだけど、だめだよ安易《あんい》に掛け合わせたら！　ねぇドクロちゃん!?　ドクロちゃん絶対になにかタクランでるでしょう!?　僕を喜ばせようとして……、なにを隠しているの？　なんで僕と目をあわせてくれないの？　なに!?　言いなさい！　怒らないから言いなさい!!」

「いや、やめて桜くん……ッ！　そんな、ボクにはなにがなんだかよくわからな……」

〈がりがりがり……ッ〉

聞こえてくる奇妙な音。

僕とドクロちゃんは等しくその音がした方向を向いていました。

そして聞こえてくる、

〈はっはっはっはっはっは……〉

あきらかに動物の呼吸音。

それは押し入れの向こうから。

「なに……？」

僕はドクロちゃんに詰め寄った姿勢のまま、言いました。

「なにがいるの……？　こんどはなにが出てくるのッ⁉」

その瞬間、身体《からだ》が宙に浮きました。部屋の景色《けしき》が吹っ飛んで、

〈びった――――ん‼〉

気がついた時には僕はドクロちゃんに受け身不能な袖釣込腰《そでつりこみごし》を食らっていたのです。一秒間に六十コマ撮りできるカメラで撮影されたとしても絶対ぶれまくりになるスピードで。

「だめエェ‼　桜くん早く冷めちゃうからおやつ食べて‼　そしてボクのいいなりになって――――！」

ドクロちゃんは仰向《あおむ》けの僕の口の中にわしづかみにしたフリル付きエプロンをムリヤリ突っ込み、僕を夢見心地にさせました。この天使はおやつの中になにを混入させたのでしょうか。

僕の視界にコビトさんがいっぱい現れはじめたよー。

僕がぴくぴくしはじめると、彼女は「今だ！」といわんばかりのスピードで押し入れのふすまを開けて、なにかを庇《かば》うように抱《だ》き上げます。

それはどう見たって……

「……犬⁉　子犬だぁ‼」

僕はフリル付きエプロンを吐《は》き出しながら言いました。

それは栗《くり》茶色の巻き毛に黒い鼻。まん丸い濡《ぬ》れたビー玉みたいな目、そしてなにより短い足と長い胴。どう見たってミニチュアダックスフントです。体長は二十センチくらいの、ほんとに子犬です。

頭痛と吐《は》き気でオーバードーズ、心理的シェイク&フィーバーな僕は焦点《しょうてん》のあわないまま言います。

「ちょっと……ドクロちゃん!?」

僕はふらつきながら立ち上がり、ドクロちゃんに詰め寄りました。

「ちがうの! これはちがうの!!」

「ドクロちゃん、あなた学校を早退したくせに子犬なんか拾って……!!」

「全部ボクが面倒みるから——!」

「ドクロちゃんは自分の面倒も見れてないでしょ!? 返してらっしゃい! もとの場所に!」

ドクロちゃんは腕の中の子犬を抱《だ》いたまま僕に向き直り、

「聞いて桜《さくら》くん! 子犬のいる生活は楽しいよ!?」

「そんなこと言って……」

「桜くん、ほら、想像して……?」

「な、そ、想像……?」

ドクロちゃんはゆっくりと眠気《ねむけ》を誘うような声で僕に語りかけ始めます。

「そこは暖かな春の海辺……きらめきにつつまれ……桜くんはその波打ち際を走っています。全体的にスローモーションで……」

「う……うん……」

「その桜くんの後について元気いっぱいに走り回って、足にじゃれついてくるのは……ちいさなちいさな……」

「うん……」

「……全裸《ぜんら》の落ち武者《むしゃ》……」

「ツいゃあああああ……!!」

「どうする!?」

「どうするもこうするもないよ!!　ためらいなく海に蹴《け》り込むよ！　もう最悪だよ!!　もう余計にだめだよ！　返してらっしゃい！」

僕の腕をするりとかいくぐり、ドクロちゃんは押し入れに逃げ込みふすまを閉めます。

『やだ——！　この子はこの家で飼《か》うんだもん！』

押し入れの中のくぐもった声。僕はふすまにすがりついて言います。

「ドクロちゃん……？　ドクロちゃんはその子犬が飼いたくて、僕に優しくして許してもらおうとしたんだね……？」

『ちがうもーん！』

「そしてそれが出来ないとわかると僕を薬漬《づ》けに……」

『ちがうもーん！』

「ちがわねえよ!!　だめだよ！　僕んちはもうドクロちゃんで手一杯なんだから、そんな子犬ぱヒィッ!?」

僕の胸はつぶれていました。いきなりふすまから生《は》えた鋼鉄のトゲだらけバット『エスカリボルグ』が僕の肋骨《ろっこつ》をはぎ取ったからです。〈めりッ……！〉と削《けず》り落とされた肋骨に支えられていた重要アイテムが、カップ焼きそばからはみ出す麺《めん》のように僕からこぼれ落ちて行きました。

僕は思わず両膝《ひざ》をついて、両手でそれを掴《つか》みあげます。

「な……なんじゃこりゃあ……」

いつのまにか押し入れから出てきた子犬が、弱々しく蠕動《ぜんどう》する僕が握った暖かな生肉のにおいをくんくんかいでいます。

ドクロちゃんは慌《あわ》てて飛び出してきて、子犬を抱《かか》えて言いました。

「あぁあッ！　桜《さくら》くんが子犬にッ！」


ぴぴるぴるぴるぴぴるぴー♪

ドクロちゃんは慌《あわ》ててバットを上下にぶんぶんしならせ、僕に魔法の光を浴びせかけます。するとあたかも整理上手《じょうず》な奥さんの手でスッキリ収納術を駆使《くし》されたかのように、僕は以前よりもっと素敵な姿へ。僕の目頭《めがしら》に熱いものが。

「ドクロちゃん……」

僕はバットを振り上げたままのドクロちゃんに言いました。

「なに？　桜くん……」

「良いと思う……、僕は犬飼《か》うの賛成です……、なぜなら、命の大切さが学べるから……」

★2★

コップに口を吸いつけて
遊ぶドクロちゃん

夜です。

ドクロちゃんは子犬と一緒にお風呂に入りましたよ。

一方、僕はこの宿題を終わりにしてからひとりでお風呂をいただくことになっています。

「ほら、じっとしてってばぁ！」

そして現在、僕の背後でほかほかと濡《ぬ》れた髪のままのドクロちゃんは、一生懸命《いっしょうけんめい》に子犬をタオルで拭《ふ》いています。

「あん、もうそんなに舐《な》めたら……！　いやん、くすぐったい——！」

ドクロちゃんは子犬と一緒にずっとこんな調子で騒いでいるので、僕はホンブンである学業に集中できません。だからです。たまらずに僕は声を震わせドクロちゃんに言いました。

「ちくしょうッ！　なんで僕は犬じゃないんだ！」

「なに？　桜《さくら》くん……」

子犬を抱《だ》いたドクロちゃんが僕をのぞき込んできます。

「ふんッ！　なんでもないよ!!」

僕は心ならずもドクロちゃんに冷たく当たってしまいました。本当はこんなコトを言おうとしたんじゃないのに……。

案のジョウ、僕のコトバにドクロちゃんの表情がミルミル変わっていきます。彼女は瞳に不安を宿らせ、口をへにゅの字に曲げて、子犬を抱きながら僕をそうっとのぞいてきます。

「桜くん、どうしたの？」

横目でドクロちゃんを見れば、その胸の中にはピンク色の舌を出したちっこい犬が僕を見ています。

こいつが……このビー玉みたいな目で……ドクロちゃんを余すところ無く……ッ!!

「ねえ桜くん、怒ってるの？　子犬抱きたい？」

ドクロちゃんは更に子犬を近づけるようにして、僕に寄って来ます。僕はその子犬の目玉をくりぬ……

「桜くんてばぁ」

お、おやぁ……??

「ねえ、ドクロちゃん？」

僕は目を細めます。この子犬……

「なあに？」

「この犬、これ……首輪、ついてない？」

「くびわ？」

ドクロちゃんは不思議そうに、僕の指し示すふさふさの毛に隠れ気味の赤い首輪を眺めました。

「そうだよ、これ首輪だよ！　この犬、誰かの飼《か》い犬なんだよ!!」

「……？」

「あのねドクロちゃん、この首輪がある犬は、飼い主がいるっていうことなんだよ!?　なんで今まで気づかなかったんだろう。今頃この子を探してるかも……！」

ドクロちゃんの犬を抱《だ》く腕に力が入りました。

「ねえ、ちゃんと聞いて無かったけど、ドクロちゃんはどこでこの犬を拾ってきたの!?」

「あ、ねえねえ桜《さくら》くん！　この子雄《おす》だよ！　ほら、桜くんとおんなじ……」

ドクロちゃんは子犬を抱き上げ、局部をのぞき込んでいます。

「ごまかさないで聞いてよ!!　どこで拾ったの……？」

ドクロちゃんはソラゾラしくそっぽを向いちゃいます。そして小さな声で言いました。

「……あ、……あきち……」

「あぁ、土管《どかん》が三本ある、あの空《あ》き地？」

「うん！　あの空き地！（にこっ）」

「嘘《うそ》つき！　無いよそんな空き地は近所に!!　なんでそんなに堂々と嘘が言えるの!?　さあド

クロちゃん言いなさい、怒らないから言いなさい！　この犬は……」

ぶち！

「ああ！　ちぎった！　このヒト首輪をちぎった！　いたたたた!!」

お風呂上がりの暖かくてすべすべのドクロちゃんの手が、僕の左手の小指の先をにぎってひねります。

「ごめんなさいごめんなさい静かにします僕もちぎれちゃいます」

「そういえばキミの名前はどうしよう……」

僕を離したドクロちゃんは、子犬を抱き直しました。僕は無惨《むざん》にもちぎられた首輪をひろいます。そこには銀色のプレート。表面にはなにか文字が掘ってあります。

「ねえ、ドクロちゃん……プレートには『ライル』って書いてあるけど……」

ドクロちゃんが子犬を高く掲げて言いました。

「じゃあ、この子の名前は『臓物丸《ぞうもつまる》』！　桜くんはどう思う？」

「だ、だめだよ！　じゃあってなんだよ！　臓物丸なんてだめに思うに決まってるよ！」

「なぜならさっき桜くんの……」

「わかってる!!　わかってるけどそんなものに名前を由来させるのはいけないと思います！

こんなにかわいいのに!!」

「じゃあ、かわいいから『あけみ』にすればいいんでしょ!!」

「あけみは僕のお母さんの名前でしょ!?　なんで逆ギレするかな!?　おねがいだからやめてよそういうの!!」

「じゃあやっぱり臓物丸《ぞうもつまる》！　ね？　おまえは臓物丸だよ——。ほら臓物丸、桜《さくら》くんにも挨拶《あいさつ》して？」

僕に向かって〈くぅーん〉と耳を伏せる臓物丸。

「桜くんも臓物丸に！」

「よろしく臓物丸」

ドクロちゃんは哀《あわ》れな子犬を抱《だ》き直し、

「よかったねー臓物丸ー、今日はボクと一緒に寝ようねー」

そして再びたたみに臓物丸を降ろして今度はドライヤーの準備をし始めます。僕は机のイスに座り直し、

「……でも、どうするのドクロちゃん？」

一回転してから言いました。

「全部世話するって言ったけど、昼間は学校でしょ？　やっぱりそんなのドクロちゃんには無理……」

ドクロちゃんが振り向いたその表情がキラキラ。

あ、しまった。

★3★

ちょうちょを追いかける
ドクロちゃん

二年A組の教室は、朝からちょっとしたお祭りになりました。

教室に入ってきた静希《しずき》ちゃんが教室後方、窓際《ぎわ》の人だかりに言葉を詰まらせ、

「あ、おはよう、桜《さくら》く……」

「……なにがあったの……?」

他人事《ひとごと》のようにその人だかりを見ていた僕に尋ねてきました。

人の輪の中心にはドクロちゃん。そして彼女に抱《だ》かれたミニチュアダックスフントの子犬、臓物丸《ぞうもつまる》がいました。娯楽《ごらく》の少ない校舎にいる中学生は、どんな些細《ささい》な非日常でもお祭りにしてしまう特殊能力をもっているのです。朝の太陽の光で教室はまぶしいくらい。

「ええとね、実はあの子犬……」

僕は静希ちゃんに自分なりに解釈した昨日の出来事を話しました。ドクロちゃんが飼《か》い主から逃げ出してしまったあの子犬を、どこからか拾って来ちゃったコトを。

静希ちゃんは言います。

「でも、ミニチュアダックスフントって、いますごく人気がある犬じゃなかった？　あの毛並みだと二十万円くらいすると思う……」

「二十万!?」

僕は思わず静希《しずき》ちゃんの顔をみました。今日も凛《りん》と涼しく、静希ちゃんは続けます。

「ねえ桜《さくら》くん、飼《か》い主、あの子犬を探してないかしら」

「血相《けっそう》……変えてるとおもうよ？」

そう言われれば、先端《せんたん》がくりんとカールした栗《くり》色の毛並みを持つ臓物丸《ぞうもつまる》は、なんだか貴族チック。雑種にはあり得ない気品が感じられる気がしてきました。

静希ちゃんも僕と同じように臓物丸に視線を向けたまま「うむぅ？」っと、腕を組みあごに指をあてます。

「あ、もしかして……」

そしてくるっと、彼女はその身をひるがえし、

「あれ、静希ちゃん？　どこ行くの？」

彼女はカバンをもったまま今来た廊下を戻って行ってしまうのです。

僕もその後を追いかけようとすると、

「桜くーん！」

ドクロちゃんが僕を呼ぶ声。

「はい？」

僕はドアに掴《つか》まって振り返ります。

「ほね持ってきて！」

「えええええ……」

しぶる僕の顔にエスカリボルグが朝日を反射。

「今行くよ!?　これだね！　この袋だね!?」

僕はドクロちゃんの机の上にある紙袋を持って彼女のトコロに急行です。

子犬を中心にした人だかりには二年Ａ組の暇人《ひまじん》だけじゃなくて、隣近所のクラスの奴《やつ》らまで参集しています。ほんとにみんなこういう時だけはイキイキしています。困ったもんです。そいつらが僕のために道をあけてくれて、

「はい、ドクロちゃん」

僕は紙袋の中から骨を模した形の、かちかちの犬用ガムを朧物丸に見せます。いくらドクロちゃんでも本物の人骨ではけっしてありません。……ぜったい違うと思います。

はふはふと朧物丸は瞳を輝かせドクロちゃんの腕を抜け出し、僕が床に置いた骨をしゃぶり始めます。

僕はしゃがんで、その頭をなでてやりました。

宮本《みやもと》が僕に聞いてきます。

「この犬、名前なんていうんだ？」

「あ、ええと……」

「臓物丸《ぞうもつまる》！」

僕のかわりにドクロちゃんが元気よく答えます。

「良い名前だな！」

「うん！」

「本当に!?（僕）」

「まだ子犬なの？（C組の小池《こいけ》さん）」

「うん、まだ子供だよ！（ドクロちゃん）」

「いいもん拾ったな桜《さくら》！（B組の鹿島《かしま》）」

「ま、まあなあー」

「桜くんも抱《だ》きなよ！（ドクロちゃん）」

ドクロちゃんが不意に犬を抱き上げ、骨をくわえたままの臓物丸を僕の胸に押しつけてきました。

ふわふわと暖かい子犬の華奢《きゃしゃ》なカラダが、必死に僕の腕の中で動きます。僕が骨ガムを支えてやると、その指や手のひらのにおいも一緒にかいだりして、臓物丸はとても愛らしいです。

僕はそんな子犬な臓物丸の濡《ぬ》れたガラスみたいな瞳を正面からのぞき込んで言いました。

「やっぱり犬も猫もこのくらい小さい時が一番かわいいねぇ……」

現れたのは、

〈しん……〉

という氷のような静寂。

「え……？」

臓物丸から顔を上げた僕は気がつきます。僕（と子犬を）を取り囲んでいたみんなが、一瞬で一定の距離を置いた同心円上に展開していることに。

「え……な、なに？　一瞬!?　一瞬でこの布陣《ふじん》!?　なんなの!?　あ……ちょっ、ドクロちゃん!!」

ドクロちゃんが小走りで僕の所に戻ってきて、僕の腕から犬を奪って、元の位置に戻っていきました。みんなが僕を取り囲んで見ています。

「えええぇッ!?　なに……？　みんな、これはなんなの!?　僕は子犬がかわいいって言っただけだよ？　え？　ちょっと、……そんなまさか!!」

「ミニチュアダックスフントって、ずっと小さいままなんでしょ……？（南《みなみ》さん）」

「ち、違う!!　これは例のアレとは違うよ!!　ああ！　なんでもっと遠ざかるの!?　ちょっとまってみんな!!　っていうか、たしかにミニチュアダックスフントは、これ以上大きくならないみたいだけど……それとアレとは全然話が別だろう!?　僕は将来、人間の女の子にそんなコトはしないよ！　だれだよセリフに勝手に傍点ふったヤツは！　強調すんなよ！　みんなはもう僕のコトを信じてくれたものだとばっかり思ってたよ！」

「俺《おれ》達も信じてた。さっきの桜《さくら》を見るまではな……（岩倉《いわくら》）」

「だって桜くん……さっきそのくらい幼い時が一番かわいいって……小さいままがなにより大切ってすごい形相《ぎょうそう》で……（田辺《たなべ》さん）」

「してないよすごい形相なんて！　あとセリフの捏造《ねつぞう》はやめてよ！　犬だよ犬！　人間の女の子はまた別だよ！　確かに小さな女の子もかわいいよ？　けど……ああッ⁉　ち、ちがうよ‼　ホントだよ‼　ねえみんなは本当はわかっているんでしょ⁉　酷《ひど》いよみんな！　そしてなんでドクロちゃんはこういう時に僕の味方をしてくれないの⁉」

　ドクロちゃんは哀《あわ》れむような瞳で僕を見つめていました。

「本当にそんなつもりはなかったの……？」

「なかった‼　断じてそんなつもりはなかった！」

「では、次の四つのうちから一つだけ選びなさい。①【ランドセル】②【小倉優子《おぐらゆうこ》】③【四十肩《しじゅうかた》】④【男子だけ校庭でドッジボールだったあの日】」

「③！　③の四十肩！　ファイナルアンサー！　ファイナルアンサー！」

　その僕の叫びに、みんなは安堵《あんど》のため息で見えない壁を吹き払いました。僕を包囲する輪がみるみる小さくなっていきます。

吉田《よしだ》が僕の肩を叩《たた》きました。

「桜、俺は最初からお前を信じていた」

「ありがとう。お前は今ここで力いっぱい舌を噛《か》め」

「桜くんとなかなおりだよー、臓物丸《ぞうもつまる》ー」

僕の目の前にやってくる子犬とドクロちゃん。

不意に一人と一匹に対してこみ上げてくる雪解けのような暖かい感情が僕の頬《ほお》をゆるめようとするので、僕はちょっとだけ気を引き締めました。

　しかたありません……。

「ドクロちゃん？」

「なぁに……？　桜くん」

「本当に、臓物丸の面倒をきちんとみる？」

ドクロちゃんがぱああっと顔を輝かせ、僕を見ました。

「……うん！　ボク、みるよ！　きちんとみる！」

「きちんと散歩もする？」

「する！」

「たまには僕にも遊ばせてくれる？」

「うん！　いっしょに遊ぶ！」

「飼《か》い主が現れたらきちんと返すんだよ？」

「うん！　もちろん！」

「僕も一緒にお風呂に入っていい？」


ぴぴるぴるぴるぴぴるぴー♪


「もう仕方ないな。お父さんとお母さんには僕からうまく言っておくよ」

「やったぁああ!!」

ドクロちゃんは子犬に抱《だ》きつき、周りのみんなも思わず笑みをこぼします。

その時、震えた少女の声。


「ライル……！」


……教室に響きました。声の震えが歓喜のためだとわかったのはその子の表情、教室にいるみんなが声がした教室の入り口を見たからです。そこには緑色のジャージ、一年生の女の子。

身を乗り出したのはドクロちゃんの抱いていた子犬。わんとひと鳴き、飛び降りるとちゃかちゃかとその女の子へと走ってジャンプ！

「ライル！」

「あ……」

この子はもしかして……。

その一年生の女の子の後ろに、静希《しずき》ちゃんが立っています。

「静希ちゃん……この子……」

僕はわかっているのに静希ちゃんに尋ねます。

「うん、この子犬の飼《か》い主。今朝、校内掲示板に貼《は》ってあったの。この子犬知りませんかって。

それで、もしかしてと思ったら……」

「ねえ……桜《さくら》くん……？　臓物丸《ぞうもつまる》は……？　ねえ、臓物丸どうしたの？」

ドクロちゃんが不安を困惑《こんわく》をその瞳いっぱいにして僕を見上げます。

「あの子が臓物丸の本当の飼い主なんだよ」

「……？」

「先輩《せんぱい》が……！」

一年生の女の子が、子犬を抱《だ》いたままドクロちゃんに駆《か》け寄って来ます。

「先輩が……保護してくれたんですか……？」

ドクロちゃんの無言を肯定と受け取ったのか、一年生は続けます。

「散歩の途中で他《ほか》の犬に吠《ほ》えられて逃げ出しちゃって……ずっと、ずっと探してたんです……

よかったぁ……」

　女の子はそう言って、それからここが二年生の教室だということを思いだし、おっかなびっくりしながら……

「ライルが逃げちゃったあの近くには、よく犬とか猫がひかれちゃう危ない国道があるんです。もしかしたらと思うと、いてもたってもいられなくて……」

　女の子は涙目になっていました。そして、ドクロちゃんに近づき、

「この子、まだ一人じゃなにもできないし、先輩は、ライルの命の……命の恩人《おんじん》です！」

「……??」

　彼女はドクロちゃんの目の前でぺこりとお辞儀《じぎ》をしました。

　事態の急展開に追いついていけないドクロちゃんのかわいい脳みそのかわりに、僕が答えます。

「うぅん、よかった飼い主が見つかって。元気でね、ライルくん」

　僕は一年生に抱かれた子犬の頭をなでてやりました。

　そして、おもむろにドクロちゃんの背後に回り込み、羽交《はが》い締めにして言いました。

「さあ、はやくその子犬を連れて逃げるんだ!!」

「え……？」

　一年生の女の子は命の恩人が羽交い締めにされたのを見て、動揺しています。一方、ドクロ

ちゃんはその衝撃《しょうげき》に我に返り、

「いやぁぁ!! だめぇ! 臓物《ぞうもつ》まるぅぅぅ!!」

「だめだよドクロちゃん! もともとあの子の飼《か》い犬なんだから! 飼い主が現れたら返すって誓ったでしょさっき!!」

「臓物丸! 臓物丸!」

「早く行くんだ一年生……!」

「え……でも……」

子犬の恩人《おんじん》であるセンパイが見せる狂態《きょうたい》に、一年生は混乱しています。僕は言いました。

「安心して! ドクロちゃんはそのライルくんを自分の姉弟《きょうだい》だと錯覚して一定時間錯乱《さくらん》しているんだ! いつもはもっとおとなしい良い子なんだけど! だから、早く!」

「そうもつまる〜!」

一年生は気持ちの悪い言葉を連呼する二年生の先輩に純粋にひるみました。まさかそれがライル君の名前だとは思わなかったのです。

「じゃ、あの……、どうもありがとうございました!」

ドクロちゃんにぺこり、静希《しずき》ちゃんにもお礼を言った緑色ジャージの女の子は、逃げるようにして教室をあとにします。抱《だ》かれた子犬が首を伸ばし、ドクロちゃんに一瞬だけ振り向きました。

「あぁぁあ!! 行っちゃやぁあだぁぁッ!!」

「落ち着いてドクロちゃん！」

「だって、臓物丸行っちゃうよぉぉ！ 離してぇ〜〜〜!!」

「ドクロちゃん!? いい加減にしな!!」

「ひぃっ！」

「いくらドクロちゃんでもやって良いコトと悪いコトがあるでしょ!! もとはと言えば勝手に持って来ちゃったドクロちゃんが悪いんだからね!?」

「お……怒った……桜《さくら》くんが……怒ったぁ……！」

そこで鳴り出す、朝のホームルームの開始を告げるチャイム。

「ちがうのに……ちがうのにぃぃ……っ」

ドクロちゃんはしくしくと泣き始めたのでした。

「え……？　それ、本当に……!?」

僕はキッチンにある冷蔵庫を開けたまま、お母さんに振り向きました。

ええ、本当よ、とお母さんは僕に言葉を返し、

「その運転手さんがさっきそれを持ってきてくれたのよ？」

見ればテーブルの上にはお菓子の詰め合わせがあります。

「じゃあ……ドクロちゃんは……」

僕は息をのみ、冷蔵庫の中めがけて言いました。

「トラックに轢《ひ》かれそうになったあの子犬を助けたの!?」

「頭の上にわっかがある可愛《かわい》い女の子なんてうちにしかいないでしょう？　ドクロちゃんもなかなかいいところあるのね」

そう言ってお母さんはコップの泡《あわ》を洗い流しながら微笑《ほほえ》みました。

「そんな……」

★4★

におい消しゴムを
すっとくんくんかいでいる
ドクロちゃん

僕は飲もうと思っていたイチゴ牛乳のコトなんか忘れて、勢いよく冷蔵庫を閉めて、二階に駆《か》け上がりました。

部屋は無人、のように見えて違います。押し入れの中にはドクロちゃんが籠城《ろうじょう》してしまっているのです。

ドクロちゃんは、そうとうショックを受けていたみたいでした。

それはそうです。ドクロちゃんはあの子犬を救ったのに、それも信じてもらえないまま、離ればなれにされてしまったのですから……。僕は自分の頬《ほお》を掻《か》いて、あわててキッチンに戻り、イチゴ牛乳とコップを二つ。トラックのおじさんが持ってきてくれたシュークリームをお盆《ぼん》に載《の》せて階段を上がります。おやつをたたみの上に置き、

「ドクロちゃん、おやつ持ってきたよ？　一緒にたべよう？」

返って来ないリアクション。それでも僕はふすまの向こうのドクロちゃんに言いました。

「ねえ、ドクロちゃん？　ごめんね、僕知らなかったんだ。ドクロちゃんが本当はあの子犬をトラックから助けたってコトを。ねえ、ココ、開けてよ」

どうしたらいいのでしょう……。僕は困って部屋を見回します。机の上には、ドクロちゃんのちぎった子犬の首輪が転がって……。

「あ、そうだ」

僕はひらめきます。

「ドクロちゃん、じゃあ……じゃあ、僕が子犬になってあげるよ!! ドクロちゃんの子犬に！ね、だから機嫌《きげん》なおそう？」

す……すすす……っとふすまにスキマができて、

「ああ……！ ドクロちゃん！ よかったぁぁ……。ドクロちゃんこういうの好きだもんね！犬奴隷《どれい》とか!! ねえ見て見て！ ほら、僕は子犬ですよー。あ、耳とか後でつけた方がいいかな。まあいいや。それより早く一緒にお風呂とかに入ったりしようよドクロちゃん！ やったぁ!! もうこれで……」

無言で振り下ろされるエスカリボルグ。

ふすまはゆっくり閉まっていって……

ぴぴるぴるぴるぴぴるぴ～♪

家無き子だよ!
サバトちゃん! その4

つづかないよ♥

さようならだよ！
ドクロちゃん！
最終話

★1★

振り返るドクロちゃん

天使のわっかまでうきうきさせながら、

「しつれいしまーす！」

とドクロちゃんが元気よく職員室に侵入してから、もうすでに五分は経過しています。

不安だけが募《つの》ります。

午後一時十分といえば、昼休みもあと少しで終わってしまう時間なのです。

教室で着替えをすませた僕とドクロちゃんは、五時間目の授業のために体育館に向かっていました。

が。

「桜《さくら》くん、ちょっとボク、職員室に用事があるんだけど」

そう言うとドクロちゃんは廊下の途中にある、彼女がとても苦手《にがて》にしているハズの職員室に入って行ってしまったのです。

そんなわけで僕は今、職員室の前の廊下にたたずんでいます。

なかなか出てこないドクロちゃん。いい加減、僕が職員室をのぞこうとドアに手を伸ばした時でした。

「しつれいしましたー！」

目の前でがらりとドアが開き、ドクロちゃんはこっちに背中を向けて職員室にぺこりとおじぎ。扉を閉め〈きゃはっ〉という感じに小刻みにじたばたして、それから僕を見つけてニコニコとなにかを訴えて来るのです。

「な、なにドクロちゃん……、その異様なテンションの上げ方は……」

ドクロちゃんが着ている体操服は、彼女が面倒くさがって家に持って帰らないので少しだけくしゃっとしています。でも平気です。その体操服はドクロちゃんのカラダには小さめなので、自然にぴちっとするのです。

「えへぇ……」

っと、ドクロちゃんは両手を後ろ、もったいつけるように上目遣《うわめづか》いで僕に微笑《ほほえ》んできました。

「実は桜くんに見てもらいたいものがあるのです！」

「……またカルピス飲んだ後に喉《のど》に出現する白いのとかじゃないよね？」

「今日は違うもん！」

ドクロちゃんの肩が唸《うな》りました。〈ぼうっ〉とさっきまで僕の延髄《えんずい》があった空間に、寸分《すんぶん》の狂いもなくエスカリボルグという名の『死』が通過。とっさに回避した僕の代わりに、彼女は数本の髪の毛を消し飛ばします。

「これだもん！」

ドクロちゃんが輝ける戦利品のように僕の目の前にかざしたものは、一枚のわら半紙でした。

「それは……僕にはプリントに見えるな……」

頭を抱《かか》えて廊下に身を伏せたまま、僕はドクロちゃんに言いました。

「見てみて？」

ドクロちゃんはにんまりと僕に次の行動をうながします。

僕はしかたなく立ち上がり、ドクロちゃんから受け取ったプリントをおそるおそる開きました。

プリントには真っ黒になるくらいびっしりと意味不明の文章が書いてあったり、リアルな眼球のイラストが並んでいるのではなく、予想に反してきちんとしたワープロの文字で《部活動認可証》と書いてあります。

「ドクロちゃん……これは……？」

彼女は会心《かいしん》の笑みで僕に言いました。

「ボク、部活をつくったの！」

「……は？」

「だからー、部活をー、つくったの――――！」

「ブカツを……つくった？」

僕は突然の言葉に、ブカツの意味がわからなくなりました。

「……ブカツって、あの、サッカー部とか、化学部とかの部活？」

「うん！　そうだよ？　ねえ桜《さくら》くんは入部するよね？」

「そんなまた唐突《とうとつ》に……。いや、べつに入部するのはかまわないけど……」

「やったぁ！　さすが桜くん！　じゃあ……ここに名前書いて！」

校舎の一階、お昼休みの廊下はやけに薄暗くひんやりとしています。

なりゆきのまま僕はドクロちゃんに促《うなが》され、プリントを廊下の壁に当てました。それから渡されたボールペンで『部長　三塚井《みつかい》ドクロ』の下にこりこりと自分の名前を書きます。

「ねえ、これ……どんな部活なの？」

書きながら尋ねました。

「とってもやりがいがあるの！　ツライかもしれないけど、一緒に全国大会を目指そうよ!!」

「う、うん……それはとってもかまわないけど、だから、どんな部なのドクロちゃん？」

僕は「桜」の文字を書き終え、ドクロちゃんを見ました。

彼女は言いました。

「木工ボンド部」

「……はい？」

僕は鼻をすすって、軽く咳《せ》き込みました。

「……え、なに……？」

「だーかーらー」

ドクロちゃんはもう一度、ゆっくり言いました。

「木工ボンド部」

「もっこう……？」

「ボンド部」

「……それは、どんな活動をするのかなー」

「白い木工ボンドが乾《かわ》いて透明になっていくのを眺め続ける活動」

「いやだよそんな活動!!　僕はいますぐ退部させていただきます！」

「だめえええぇッ!!」

「イイいイゐゐゐゐッ!!」

ドクロちゃんは僕からプリントを奪い取り、そのまま僕の手首をひねりあげて言いました。

「とってもやりがいがあるんだよ!?　ツライかもしれないけど、一緒に全国大会を目指そうよ!!」

「お断りだーッ！」

「今からそんなコト言ってどうするの桜《さくら》くん!?　やるまえからあきらめちゃだめ!!　桜くんが部長でもいいから入部してよ！」

「余計にいやだよ！　そんなことよりひねり上げる腕の力をいい加減に弱めてよ！　い、いぁあッ……ッ！　断たれる断たれる！　さっそく部員生命が断たれはじめてる!!　ぷちぷち言ってる!!」

「お願いだからボクを全国大会に連れてって!!」

「僕がドクロちゃんを連れて行けるのは保健室くらいだよ！　っていうか、ちょっと待って？……部を作るには先生の許可が必要なんだよ？」

僕はドクロちゃんから解放されたものの、不思議と感覚が戻ってこない右手をいたわるように股《また》に挟《はさ》みながら言いました。

「しってるよ？　だから今、職員室に行って来たんだもん」

「だからってこんな部活、先生の許可が降りるわけ……あ……これ、先生の許可のハンコ押してある。……!?　なんで？　なんで許可降りてんの!?　木工ボンド部なのに！　あっ……ああッ！」

「どうしたの桜くん？」

「待ってこれ、ハンコじゃなくて……血判《けっぱん》だよ!!　しかもこの指紋《しもん》は担任の山崎《やまざき》先生のだ！」

その時〈からから〉と職員室の扉が開きました。

思わずそちらを見れば、

「あ、あなた桜《さくら》くんね……？　ちょうどよかった」

現れたのは家庭科の大屋《おおや》先生（二十四歳《さい》）です。

「は、はい……」

大屋先生は申し訳なさそうに言います。

「体育担当の山崎《やまざき》先生が身体《からだ》の調子が悪いそうなの。わるいけど二年生の五時間目の体育は自習になりました。桜くん、みんなに伝えてくれる？」

「……!?」

「お願いできるかしら」

「は、は……い……」

大屋先生はじゃあよろしくおねがいね、そう言葉を残して職員室に再び姿を消します。

僕は、はっとしてもう一度プリントに目を落とし、それを確認し、小刻みに震えざるを得ないのです。

「どうしたの？　桜くん……」

「このプリント、よく見たら所々水滴《すいてき》で滲《にじ》んでる。涙だ、……これ、涙なんだ！　ドクロちゃん!?」

「なぁに？」

「山崎先生には今年で三歳《さい》になるお子さんもいるの知ってるでしょ!?　先生頑張《がんば》ってるんだから!!　ちょっとねえ！　職員室の中で山崎先生になにしたのドクロちゃん!!」

「歯の神経ってねー」

「いい！　やっぱいい!!　言わないで！　ためらいもなく言わないで！　あんた天使でしょ!?　そんな拷問《ごうもん》みたいな方法で新しい部活を作っちゃやだめだよ!!」

「だめじゃないもん!!　桜君はもう部員だもん！　レギュラーの自覚が足りないんじゃないの!?」

「ええぇッ!?　もう僕レギュラー!?　早くない!?　っていうか待ってよ！　今はまだこの部活が……」

「いやぁ!!　これはもう決まってるんだもんッ!!」

突然、僕の身体が揺れて、鼻がツンとしました。

「かはっ……」

口の中に溢《あふ》れる味。

「……？」

いつの間にかドクロちゃんの握る鋼鉄とげ付きバット『エスカリボルグ』が僕の腹部を貫通しています。

「!?　がふッ……ごぼぁッぁ!!」

僕はかすんでゆく目でドクロちゃんを見上げ、抗議の視線を送りました。

ドクロちゃんの困ったところは、興奮するとたまにやって良いことと悪いことの区別がつかなくなる所です。

「あぁぁああぁッ！　桜《さくら》くん大丈夫!?　どうしよう……ボク、桜くんの身体《からだ》にこれをねじ込んだらこんなコトになるなんて、おもわなくて……！」

じゃあ、おまえは僕がどうなると思ってバットをねじ込んだんですか。

「ご、ごめんなさい桜くん……！　今これ抜くから！」

ドクロちゃんはエスカリボルグを時計回りにひねります。

「いぃいぃいぅうぅうぉごぉおおっ!!」

一度も痛覚を感じたことのない部分をゆっくりと冷たい鉄が通過しはじめました。支えを失った僕は廊下に崩《くず》れ落ち、具の多い血の池をさらに広げます。

「待ってて桜くん！」

ようやく僕からエスカリボルグを粘《ねん》性の高い糸を引きながら抜き取ったドクロちゃん。そして彼女はそのバットを魔法のステッキのように（廊下に赤い液を飛び散らせながら）ふりまわしました。

ぴぴるぴるぴるぴぴるぴー♪

　すると僕は魔法のきらめきに包まれます。それからはもうまるで『押し出された空気鉄砲の弾を逆回転で見てみましょう的教育テレビの映像』さながらの展開です。引き抜かれるエスカリボルグにつられ、リノリウムの床にはみ出た臓腑《ぞうふ》や脊髄《せきずい》などが魔法の力で元通りに背中から全《すべ》て僕の内部に戻ってきました。

「ねえ桜くん平気!? 健康になった?」

　僕は、心配そうにこちらを見つめる体操服姿のドクロちゃんに言いました。

「ドクロちゃん……なんども言ってると思うけど、もう一度言うからよく聞くんだ……」

「うん！」

「いいですか……鉄の塊《かたまり》であれなんであれ……僕の体内に異物を勢いよく挿入《そうにゅう》すると、憶《おぼ》えておいて。僕は……死ぬのです」

「オッケー！」

　——これは、人間の少年である僕、草壁《くさかべ》桜と、天使の少女であるドクロちゃんとの常軌《じょうき》を逸《いっ》した日常を描きだす、愛と血と涙と鮮血《せんけつ》と流血にまみれた、その最後の物語。

僕が座ってる机の上には手書きの『あいうえお表』がありました。

「ねえやめようよみんな！　やめようったら、ねえ……！」

その『あいうえお表』には『ＹＥＳ』と『ＮＯ』と『⛩』のマークも書き込まれています。

「こんなコトはやめてきちんと自習したほうが良いと思うヒト手を挙げて！　はーいはーいはーい！」

二年Ａ組の教室、みんな体操服のまま。

席に着いた僕と、机を挟《はさ》んで相向《あいむ》かいにイスに座ったドクロちゃんを取り囲むようにクラスメイトたち。

「こ……、これは校内では禁止されているハズです!!　ドクロちゃんもそんなニコニコしながら十円玉に人差し指のっけないの！　これがなんだかわかってるの!?」

ドクロちゃんは、元気よく答えました。

「こっくりさん！」

★２★

公園で子供達と
『だるまさんが転んだ』
をするドクロちゃん

「嬉《うれ》しそうに言わないの！」

今、僕のクラスではこっくりさんがひそかなブームです。

あれから僕とドクロちゃんは体育館で《魁《さきがけ》！ ドッチボール》（バレーボールではなく重たくて大きいバスケットボールで行う殺人ドッチボール）に興じていたクラスメイトに五時間目の自習を伝えました。

すると突然、クラスのみんなは爆発したような喜びの悲鳴を上げ、怒濤《どとう》のように教室に戻ってきました。そしておもむろに後ろのロッカーの上に設置されたプチ神棚《かみだな》に奉納《ほうのう》してある『あいうえお表』と『十円玉』を取り出して僕の机の上に広げたのです。

「いいから！」

「いいからじゃないよ！ こっくりさんだよ!? なにが起こるかわからないんですよ!? 僕は絶対にイヤだからね！ ……って、ちょっと!? い、いやぁあぁ!! なに!? なにするんですかあなた達！ 僕の人差し指をどうする気ですか!! だめ！ それは……それだけは許して！ こ……怖いよぉお!! あ、あ、あ!! ダメ！ ゼッタイイイィッ!!」

僕は指つめを嫌《いや》がる下っ端《ぱ》の構成員さながらに抵抗しましたが、クラスメイト達に取り押さえられた僕の逃げ場はノーフューチャー、ありません。僕の小指ならぬ人差し指は、禍々《まがまが》しくくすんだ昭和五十四年の十円玉の上に載せられてしまいました。

「準備かんりょー！」

「いやあああ……!!　あぁぁぁああ!!」

僕は男の子のくせに絶叫して涙目で嫌《いや》がりました。

「指を離したら……こっくりさんに呪《のろ》われちゃうよ……?」

「いひぃッ……!　アッ……アッアッ!!」

ドクロちゃんは低い声で続けます。

『コックリさんコックリさん、いらっしゃいますか?』

「NO—!　ちょっとまって!!　まだ心の準備が……!」

お構いなしに、すうっと十円玉が動きました。

『おおおおッ!!』

クラスメイトがざわめきます。僕は十円玉に指を置いたまま、もじもじと逃げ腰です。

「ああ……!!　なんか動いてる動いてる……!!」


【YES】


「いるってよ桜《さくら》くん!!　こっくりさんいるって!」

「ちょっと待って!　絶対今ドクロちゃん動かした!　ぜったい動かした!」

『桜くんは放課後、好きな人の縦笛《たてぶえ》にいけないコトしたことがある』

「ちょ、ちょっとドクロちゃん……なに訊《き》いてるの!?　やめようよそういうのは!!」

「しずかに……！」

ドクロちゃんは叫び、十円玉がすぅっと動きました。

【なめなめ】

「おまえ……（石田《いしだ》）」

「桜くん……（南《みなみ》さん）」

「ちがうよ誤解だよ!!　こんなの嘘《うそ》っぱちだ！　なんだよ【なめなめ】って!!　超気持ち悪いよ！」

「じゃあ次のしつもんです」

「待って！　まだ誤解が解けて……！」

『桜くんの好きなヒトはだれですか？　名前をおしえてください』

「はい……!?」

ドクロちゃんの言葉に、僕の時間が止まりました。

「ちょっと、ちょっとまって……!!」

しかし人差し指を載《の》せた十円玉は、問答無用に移動をはじめるのです。

『おおおォッ!!』

クラスメイト達は、乗り出すようにこっくりさんを凝視《ぎようし》しました。するすると十円玉が再び滑《すべ》っているのです。

それは、

【な　め　な　め】

「だれだよコレ!!　待て！　さっきと同じだ！　いねえよ【なめなめ】なんて変な名前のヒト！いても僕はそんな名前のヒトは決して好きにならないよ！」

「桜《さくら》しずかにしろ！　また動いてる……！（増田《ますだ》）」

「まだやるの!?　僕の好きな人は【なめなめ】さんでもういいよ……！　もういい加減にやめ……」

しかし十円玉は動き始め、その文字は、

【ど　く　】

「……!?」

瞬間、

「つぇいっ！」

僕は汗だくの人差し指にぎゅっと力を込めて十円玉を押さえ込みました。

十円玉は「らりるれろ行　お段」の手前で急停止、だって静希《しずき》ちゃんがばっちりこっちを見ているのです……！　彼女の前でこれはダメです！

「桜くん……？」

動かない十円玉の上のドクロちゃんの指先が、赤を通り越して白になり、ぷるぷるしはじめています。

「な、なに？　ドクロちゃん」

僕は机を抱《かか》え込むようにして、人差し指にすべての力を注ぎます。

「指から……力抜かなきゃ……だめだよ……？」

「僕は、なにも、してない……よぉ？　ドクロちゃん……こそ……!!」

ぱきんッ!!

と、机の鉄パイプの接合部分が粉を飛ばして鳴り、ぴしぴしと机の合板《ごうばん》が音を立てます。その勢いに机に吊《つ》るされていた給食着が激しく揺れます。

もはやこれはこっくりさんじゃありません。

違うなにかです。

そしてついにぴりっ！　と「あいうえお表」の表面がよじれて破れ、

「マ――――――――ッ!!」

ドクロちゃんが奇声を発しました。

「わ―――！」

机の上に飛び乗り、エスカリボルグを振りかざし……！

「ちょっとドクロちゃん、やめ……ッ!!」

その瞬間、僕は後ろに引っ張られました。

ずがぁあんっ！

耳をつんざく破壊音の後に、僕はゆっくり目を開けます。

「な……」

さっきまで僕がいた場所には、ドクロちゃんのバットで破壊された机の残骸《ざんがい》。

「大丈夫ですか？　桜《さくら》さん」

耳のすぐそばで空気が震えました。聞いたことのない声。大人《おとな》びて艶《つや》のある声。

僕は気がつきます。誰かが僕を守るように後ろから抱《だ》きしめてくれているコトに。振り向いて見上げるその先、彼女の頭の上には天使のわっか。

「お怪我《けが》などされませんでしたか？」

右目だけが、やさしく僕を見つめています。

「な……あ……」

僕を助けてくれたのは、ドクロちゃん以外のもう一人の、天使だったのです。

「ザクロちゃん……!」

彼女の名を叫んだのは、晴れゆく埃《ほこり》の向こうにいるドクロちゃん。

そしてザクロちゃんと呼ばれた天使は言うのです。

「おひさしぶりです、おねえさま」

と。

「お、おねえさま……?」

僕は呆然《ぼうぜん》としたままザクロちゃんを、その天使を見つめます。

「申し遅れました」

頭上のわっかをきらめかせ、春風のように艶やかな声でザクロちゃんは言いました。

「わたくし、未来の世界より姉のドクロをお迎えに参りましたザクロと申します」


そして事件の幕が開くのです。

★3★
ドクロちゃんのスポーツシリーズ
その1

競歩選手のドクロちゃん

「ちょっと待ってください！　あなた今、なんて……」

「あなたが」

大人《おとな》びて、でも張りのある柔らかい声が僕をさえぎり、

「あなたが桜《さくら》さんですね。姉がお世話になっております」

いつの間《ま》にか廊下のドアが開いていました。流れ込んでくる風が埃《ほこり》を窓から外に流します。

僕は顔を上げます。彼女は僕より背が高いのです。

ザクロちゃんは天使のような純白が基調、オレンジ色の肩章とラインの入った、そのモデルのような細身《ほそみ》の身体《からだ》にぴったりとした制服——それはまるで軍服です——に身を包んでいました。

柔らかくまっすぐに僕をみつめて、
そしてふわりと微笑《ほほえ》みます。

天使の輪が浮かぶ頭には同じデザインの軍帽を斜めに。

「あ……こ、こちらこそ！」

そしてその服装だけでも彼女は人目を引くのに、さらに彼女を目立たせているのが、ほっそりとした顔の左側を覆《おお》うように巻かれた革《かわ》のベルトでした。

その革ベルトは眉間《みけん》のすぐ下で裂《さ》け、右目だけが露出しています。

でも、それだけの外見にも関わらず、彼女は見るものに儚《はかな》く優しい印象を与えます。

それは彼女の右目がほかのすべてを包むくらい、まるで春の暖かい光のように僕を見つめているから。

「ぼ……僕も、ドクロちゃんには僕もちょくちょくお世話になってますし！」

その時でした。

「けぱーッ！」

変な声が僕の喉《のど》からほとばしりました。

なぜなら、

『あなたがドクロちゃんの〝いもうと〟って本当ですか!?』

という興奮したセリフと共に、クラスメイトの男子達が僕を弾き飛ばし、ザクロちゃんに群がったからです。

「……はい、ドクロはわたくしの姉です」

ザクロちゃんのあったかい声が転がる僕にも聞こえてきました。僕はうめきます。

「おまえら……」

「ということは、ザクロちゃんが妹……つまり、ドクロちゃんより年下ということですね!?」

もはやザクロちゃんは人混みの向こう。学級委員の松永《まつなが》くんを肩に乗せた（松永君はまだ日本猿《ざる》です）宮本《みやもと》の声しか聞こえてきません。

「ザクロちゃんはずばり何歳《さい》ですか!?（鹿島《かしま》）」

「九歳です」

「もうお風呂には一人で入れますか？（佐藤《さとう》）」

「まだ一人は怖くて……」

ザクロちゃんの恥ずかしげな声。同時に男子共を取り巻く空気が逆巻《さかま》き、僕に吹きつけてきました。

「な、なに……？」

そしてゆっくりと彼らは僕を取り囲むように広がり、

『桜《さくら》……』

「なんだよ！」

僕は傷ついた身体《からだ》をいたわるように、よろよろと立ち上がり、みんなを見ました。

『俺《おれ》たちはおまえを許すことは無いだろう……。永遠にッ！』

「なあぁ！　なにすんだよ！　僕を取り押さえて今度はなにを……待て、窓なんか開けて……

まさか……やめろ！　ここ三階だぞ⁉　落ちたら絶対……って……。な、なにをセッティングしてるんだよ！　それ、火事とかあったときに使う避難器具《ひなん》だろ⁉　まさか待て！　やめろ！　なにを……ッするぅぅぉぉぁぁあああぁぁぁ〈ズザアアアア……〉」

「ザクロちゃん……」

ドクロちゃんの声にふくまれる、わずかな戸惑《とまど》い。

その声にすらりと振り返るザクロちゃん。かつんとレザーブーツを鳴らしてドクロちゃんを見ます。

「すいません……それ、土足……」

ザクロちゃんの足下を見つめている静希《しずき》ちゃんのつぶやきは、しかし、だれにも届きません。

「ねえさっき、ボクを……なんて言ったの？　ザクロちゃん……」

少しだけ上を見上げ、ドクロちゃんは確かめるように言いました。

「わたくしは、おねえさまをお迎えにあがったと言ったのです」

「それですッ！」

ぴしゃん！　とドアを開け放ち、僕は息を切らせて教室に飛び込みました。

「お、おかえりなさい桜《さくら》くん……」

「ただいま静希ちゃん！」

僕は静希ちゃんに片手をあげ、続けます。

「ザクロちゃん、それどういうことなんですか？　お迎えにあがったって……。それじゃあ、まるでドクロちゃんが未来の世界に帰っちゃうような……」

　ザクロちゃんは噛《か》んで含めるように、ゆっくりと言います。

「その通りです。カミサマから勅命《ちょくめい》が下りました。おねえさまは未来の世界に帰還《きかん》いたします」

　僕はドクロちゃんを見ました。

　彼女は固まったまま動きません。

　そしてザクロちゃんは僕を向いたまま、でも、明らかにドクロちゃんに聞かせるように言うのです。

「つまりおねえさまは『天使による神域戒厳会議《ルルテイエ》』に所属する天使にもかかわらず、その選定対象である草壁《くさかべ》桜を抹殺《まっさつ》するどころか、その命を守る行動を取っています。これはカミサマへの謀反《むほん》であり、カミサマの使いである天使にとっては許される事ではありません。即刻、帰還していただきます」

　ザクロちゃんの言ったことがようやく脳みそに染《し》み込むにつれ、ドクロちゃんからその表情までもが消え始めます。

　そして、ザクロちゃんはなにごともなかったかのように続けました。

「そしておねえさまは二度と、この世界に来ることはできません」

「だ……だめぇぇ！」

ドクロちゃんはその場にしがみつくみたいに、ザクロちゃんに言いました。

「そんなの絶対だめ！」

「だめとおっしゃっても、おねえさまを未来の世界にお連れしなければルルティエの……いえ、カミサマの代理人として示しがつきません。無駄《むだ》な抵抗は……」

ザクロちゃんは見下ろすように、ベルトから露出した右の瞳だけでドクロちゃんに微笑《ほほえ》みました。そして彼女はすっと懐《ふところ》に手を差し入れ……

「……しないでくださいね?」

「うそ！　そんなのうそ！」

「すべて事実です」

ザクロちゃんが全《すべ》てを弾く無敵《むてき》の盾《たて》のような微笑を浮かべたその刹那《せつな》、彼女の腕から細長いモノがドクロちゃんへと高速で放たれました。

「ぎぃあぁッ！」

絶叫が教室に発生しました。

男子の叫び声です！

「……!?」

僕は見ました。

叫びを上げたのはドクロちゃんの背後にたまたま立っていた、保健委員の、

「木村《きむら》……！」

木村です。

ドクロちゃんはとっさにしゃがんで、それを避けていたのです。

「き、木村、おまえ……!!（木村の親友の山本《やまもと》）」

見れば、木村はなにかオレンジ色の布の様《よう》なモノでがんじがらめに縛《しば》られています。

『殺人濡《ぬ》れタオル、エッケルザクス！』

僕の隣に〈しゅたん〉と移動してきたドクロちゃんがそれを見て叫びました。

「さすがおねえさま、避けましたね」

ザクロちゃんは液体のしたたる濡れタオルを手に、微笑《ほほえ》みながらドクロちゃんに言いました。

「殺人濡れタオル……？」

僕はドクロちゃんに尋ねます。

「ザクロちゃんの魔法のアイテム！　眠《ねむ》っているヒトの顔に置けば……そのヒトは……!!」

見れば木村は濡れたオレンジ色のタオルに包まれ、床をゴロゴロともがき転がっています。

「俺《おれ》のことにかまうな！　嗚呼《ああ》！　むしろ……むしろこのまま放って置いてくれッ!!」

恍惚《こうこつ》とした顔で身をよじりながら、保健委員の木村は言いました。

『なにぃ!?』

クラスの男子達が声をそろえました。

「よくも木村《きむら》を……。いつも俺《おれ》たちの健康に気を遣《つか》ってくれる保健委員の木村を!! よくも濡《ぬ》れタオルで……こんな！（山本《やまもと》）」

静希《しずき》ちゃんはそれを見て言いました。

「なんて恐ろしい魔法のアイテム……」

「ザクロちゃん」

小さな声でドクロちゃんは言います。

「じゃあ……ボクがいなくなったら、桜《さくら》くんはどうなるの？」

再び懐《ふところ》に手を入れ、ザクロちゃんは言います。

「桜さんの身柄《みがら》はカミサマからの別命あるまで、わたくしが二十四時間監視《かんし》いたします」

僕はそのザクロちゃんの言葉を聞いて思わず叫びました。

「なんですって……？　二十四時間……監視……!?」

「桜くん……！」

ドクロちゃんが僕の様子を察知して、ザクロちゃんをきっと睨《にら》みます。

「一日中……監視されるなんて、じゃあ……僕がお風呂に入っているときも、授業を受けているときも、眠《ねむ》っているときも、あれやこれや全部をずっと、ずっとあのザクロちゃんに、ドクロちゃんの妹さんに見られっぱなしになるなんて……！　あああぁッどうしようッ！　こまった！　僕は、僕はいったいどうやって……！　って、ちょ！　おまえら！　ああ……ドクロちやんまで！　だからそこは非常事態の時だけに使用されえああああああぁ〈ズザァアァアァ!!〉」

僕は再び丸い脱出口に放りこまれ、消えて行きました。

そしてドクロちゃんが両手をはたいて、ザクロちゃんに振り向いたその時です。

ぴんぴんぽろりん♪　ぴんぽろりん♪

その稚拙《ちせつ》なメロディーでクラス中の視線を集めながら、ドクロちゃんはわたわたと体操服の胸元から例の黒い通信端末《たんまつ》を引っ張り出します。

〈しゃこん！〉とスライドさせた部分から機械がのぞき、小さなレンズから立ち上がった映像は叫びました。

『ドクロちゃん！　しまったザンス！　ミィ達の行動がついにばれちゃ……』

現れたのは人形サイズ、痩《や》せた身体《からだ》にサングラスの男。

よほど急いでいたのか、いつもは完全に逆立《さかだ》っている真《ま》ピンクにモヒカンは枯《か》れた草のようによれよれ。

しかし、顔中のピアスだけはぴかぴかさせた立体映像はそこまで言うと、ぴたりとドクロちゃんの手元からザクロちゃんを凝視《ぎょうし》。

『ザ……ザクロちゃん……ザンス』

〈かちゃーん〉とその男が持っていたクシが床に転がった音がしました。

「あら、やっぱりあなたがおねえさまに力を貸していらしたのですね、ザンスさん」

ザクロちゃんはベルトに覆《おお》われた左目に手を当て、微笑《ほほえ》みます。

『逃げるザンスよドクロちゃん!!』

そして僕は確かに、そのザンスの叫びを聞きました。

「ぷはぁ……!　はぁ……はぁ……。……あ?」

放り込まれた脱出口をよじ登ってきた僕が教室に顔を出した、まさにその時だったのです。


ぴっかぁぁぁぁぁぁ!!!


ドクロちゃんがあわてて放り投げた、その黒い通信端末《たんまつ》は青と赤の爆光を放ち、足下を震わせるほどの圧力と共に僕たちの視界を埋め尽くしました。

「のぅわぁぁぁぁぁぁッ!!」

僕は弾かれるように教室の床に落下しました。まぶたを閉じてもまだなにか色が見えます。

たまらずに両目を手でかばいました。

〈いぃいぃいぃいぃいぃいんん……ん……〉

熱が消え振動が消え、おそるおそる見回す視界にはぼんやりとした緑色の穴。

それでも辺《あた》りを見回すと、何人かはぴくぴくと気を失っています。ここが暗い部屋で、もっと近くでアレを見ていたら被害は今よりも酷《ひど》かったかもしれません。

「ドクロちゃん……？」

僕は目をこすりながら、教室の中を見回しました。

「お、おねえさまは!?」

ザクロちゃんが言います。

そうです、ドクロちゃんの姿が無いのです。

僕はザクロちゃんを見ました。ザクロちゃんも困惑《こんわく》した表情です。ふと、僕は後ろを振り向きました。

「これは……」

そこにあるのは避難《ひなん》器具。

しかしそれは無惨《むざん》にも引きちぎられたように金具は吹っ飛び、地面に落ちているのです。

「ドクロちゃん、こっから逃げたんだ！」

ザクロちゃんが走り寄り、窓辺から身を乗り出します。

「どこに……」

しかし、見渡す限りドクロちゃんの姿はどこにもありません。

「必ず見つけ出します」

ドクロちゃんが逃走したという事実を飲み込んだ彼女は、静かな笑みを浮かべるのです。

そして軍靴《ぐんか》を鳴らして振り返り、そのまま保健委員の木村《きむら》に歩み寄り……

「な、なんすか……!?」

うつぶせのまま、木村は答えます。

「手伝って……」

ザクロちゃんはその長い、ドクロちゃんと同色の暗銀色の髪を揺らし、床を這《は》う木村に腰をかがめました。

「いただけますね？」

『……い、イエッサアアア!!（クラスの男子生徒）』

「待て！　お前らは行かなくていいんだよ!!　っていうかそもそも木村もなに嬉《うれ》しそうにしてんだよ！　お、おいちょっと待てお前ら！　自習は？　あぁ！　なんで女子生徒まで……！」

だめです。セミロングの髪を掻《か》き上げる男が担任の某《ぼう》三年B組の三学期より高いこのクラスの一致団結する能力は、もはや取り返しのつかない地点まで達しています。

「ちょっと……みんな……」

ザクロちゃんに率いられ、あっという間《ま》にクラスはもぬけの空になってしまいました。僕はみんなの将来が心配だよ。

僕は気持ちを落ち着けるために、深く心呼吸し、頭を掻《か》いてもう一度窓から外を見ました。

そして一つの考えが、僕の脳裏に浮かび上がります。

焦《あせ》りに似たそれは、僕を急《せ》かし、肺は空気を求め、短く息を吐《は》きます。

そうです、ドクロちゃんは……ドクロちゃんはもしかしたら……

考えるより先に振り返った、その視界の中、

「ねえ、桜《さくら》くん……」

「……！」

そこには、体操服のままの女の子が一人。

「静希《しずき》ちゃん!?」

「桜くんは……」

そしてゆっくりと、こちらに歩み寄ってくるのです。

僕は不意をつかれていました。

この声。

今の静希ちゃんの声の質は、いつもの、学校にいる静希ちゃんのモノではないのです。

彼女は僕だけしかいない場所で、たまにこんな声を出すコトがあります。飾り気の無い、きれいな声。

僕は思わず後ずさり、窓辺に背をつけます。

「ねえ、桜《さくら》くんはドクロちゃんを追いかけて、それからどうするの？」

「え？　な、……それからどうするって……」

「しかたないじゃない。ドクロちゃん、未来の世界に帰らなきゃいけないんでしょ？」

「だけど……」

僕はためらい、でもすぐに言いました。

「このままだとたぶん二度とドクロちゃんに逢《あ》えなくなっちゃうんだよ？　ザクロちゃん言ってたよね？『二度と、この世界に来ることはできません』って……！」

「でもね！」

そこまで言って、静希《しずき》ちゃんは大きな声を出した自分にびっくりしたようにぱっと顔を伏せ、

「……桜くんは、桜くんはこのままでいいの？　ドクロちゃんに生活をぼろぼろにされて……このままだと、とんでもないことになっちゃうよ？　それでもいいの？」

その静希ちゃんの言葉は、最後には静かに小さく、ためらいの中に消えていきました。

その静希ちゃんのコトバは僕の心のベールを引きはがしました。

静希ちゃんの言う通りでした。

ドクロちゃんさえいなかったら、僕はいつも通りの日常を送っていたハズです。いろいろなコトがもっと上手《うま》くいっていたハズなのです。

「わたし、わたしは……」

「静希ちゃん……」

もしも、ドクロちゃんが未来の世界から現れなかったら。もし、ドクロちゃんが未来の世界に帰ったら……。

静希ちゃんはすうっと顔を上げ、僕を見つめました。

そこには今まで見たことがない静希ちゃんがいました。

その時の静希ちゃんはとても大切にしなくてはいけないなにかのようでした。

でもそれは今の僕にはどうすることもできないものでした。

もしかしたらあと五年もしたら、僕にも今の静希ちゃんに言葉をかけることができたのかもしれません。しかし、僕は中学二年生でした。

「し、静希ちゃん……」

静希ちゃんのカラダが、体重を預けるみたいにして、僕の目の前に……ゆっくり……

「……ばか……」

息に紛《まぎ》れた、かすかな声。

それから、

「え？」

バックステップ。僕と静希ちゃんとの距離が、さっきの無限大になって、

「早く行ったら？」

「静希《しずき》ちゃん……?」

静希ちゃんは目を細めて、机の一つに腰をかけ、くすくすと笑います。

「ドクロちゃんの居場所、桜《さくら》くんならわかってるんでしょう?」

うなずく僕に、幼《おさな》なじみの女の子が言うのです。

「ドクロちゃんがいなくなったら、私もさびしい。ねえ、天使の友達だちがいるのって、きっと私たちのクラスだけよ、きっと」

★4★

うしろ姿のドクロちゃん

僕はオレンジ色の小さな電気を消し忘れていました。

ふすまを開けて一歩自分の部屋に入ったまま、僕はそんないつもの光景と匂《にお》いに立ち尽くしました。

夕方のはずなのに、家の中からだと外は夜みたいに真っ暗。

部屋は、朝のままでした。

僕は手を伸ばし、電気のひもを引っ張って、

ごそり

押し入れから気配。

僕の心臓が凄《すさ》まじいビートを刻みはじめました。

「……ドクロちゃん？」

僕は教室でのひらめきを、確信に近いそのひらめきを、疑っていました。疑っていないと、それが違ったとき、僕はどうしていいかわからなくなるだろうから。

でも、やっぱり、

ごそ……


「ドクロちゃん、なんでしょ……?」

僕は押し入れのふすま越しに、言いました。

「出てきて」

ためらいには充分な間《ま》。

〈かさり〉

一センチだけ、ふすまに黒い隙間《すきま》ができました。

細く白い指が、ふすまの縁《ふち》をつかみます。ためらいがちにゆっくり、その隙間を広げたのは所々汚れた体操着姿のままの、ドクロちゃん。

「おかえりなさい、桜《さくら》くん」

「ただいま、ドクロちゃん」

息を吸って、吐《は》く。お互いがお互いをたしかめる時間。

「……やっぱり、ここにいたんだ」

僕は飲み忘れていたつばを飲み込んで、

「こんなおとぎ話ってあったよね。いろんな所を探し回るんだけど、結局は自分の……」

「ボクね」

ドクロちゃんが独り言のように、僕をさえぎって言いました。

「好き」

台所からの湿気《しっけ》に満ちた部屋の空気が、僕の身体《からだ》を突き刺すように固く、

「……なにが？」

さっきから遠くでどこかの犬が仲間を呼ぶように吠《ほ》えています。

「この部屋」

ドクロちゃんは〈とん〉と、押し入れの上の段からたたみに降りました。天使のわっかが部屋の薄闇《うすやみ》に残像を残します。

「ボク、この部屋の匂いがするとね、眠《ねむ》くなるの」

そう言って、ドクロちゃんは愛《いと》おしそうにたたみの上に座り、

「ねえ……ボク」

ぼうっと輝く天使のわっかが、ドクロちゃんの瞳に映って揺れます。

「ボク……まだずっとこの部屋にいたいよ」

僕は自分の手を握りしめました。足の指まで固く握りました。

「ドクロちゃん……」

「全国大会にもいけなくなっちゃったね」

ドクロちゃんはくっと僕の顔を見上げ、拗《す》ねたように言いました。

「ぜんこくたいかい?」

僕は聞き返しました。

「木工ボンド部」

「あ、あああー……!」

「今日からだったのに」

「う、うん……」

「せっかく……つくったのに」

ドクロちゃんはうつむき、細かく震えはじめて、

「……これからだったのに!」

僕は頷《うなず》きました。

ドクロちゃんはカラダにぐっと力を入れて立ち上がり、

「これからは……」

声を詰まらせるようにして言いました。

「これからは、桜《さくら》くん一人でがんばってね！」

「えええ!?」

「今日から木工ボンド部の部長の座は、桜くんに譲《ゆず》ります！」

「困るよ！」

「約束して！　ボクがいなくても日本一になるって！　誓《ちか》って！」

「誓えないよ！」

「誓えよぉ！」

ドクロちゃんは叫びます。

でも、

「お願いだから……桜くん……」

いつまで待っても、いつものエスカリボルグが僕に強襲してくる気配が、なくて。

「ドクロちゃん……」

二人ともが、次の言葉を見失い、見つめ合うこともできません。

その時、

『覚悟《かくご》ができたのですね、おねえさま』

声がしたと思った次の瞬間〈ぴしゅっ〉と、僕の頬《ほお》に冷たい、しずく。

「な……っ!?」

巻き飛ぶ水しぶきに、
我に返る次の瞬間！

「きゃん！」

「うぉあぁあぁ！」

天地は逆転！　二秒で理解、僕とドクロちゃんのカラダに巻き付いたそれは……

「これは……」

「エッケルザクス!!」

ドクロちゃんが叫んだその方向、視界の先、薄闇《うすやみ》の中のシルエット。

薄暗さに慣れた目に映るのは、引き出しの中に組んだ脚の半ばを沈めたまま、僕の机に座る、

『ザクロちゃん!?』

僕とドクロちゃんは同時に叫びます。

「やっと見つけました、おねえさま」

「机の……引き出しから……！」

「うう、くッ……！」

「ド……ドクロちゃん!!」

見ればドクロちゃんはオレンジ色の濡《ぬ》れタオルで手足を縛《しば》られ、肘《ひじ》も膝《ひざ》も固定されて畳《たたみ》に転がっているのです……！

僕は、はっと気がつき、愕然《がくぜん》としながらザクロちゃんに言いました。

「一つ……質問していいですか？」

「なんですか、桜《さくら》さん」

ザクロちゃんはその右目だけで僕を見つめます。僕は言います。

「なんで僕まで縛られているんですか？」

「ああ！　桜くんが宙づりのエビ固めで……!!」

「み、見ないで！　お願いだからこんな僕をまじまじと見ないでドクロちゃん!!」

「おねえさま、これでもまだ帰らないと？」

「ひきょう！　ザクロちゃんひきょう!!」

ドクロちゃんはたたみの上に転がったまま叫びます。

「では、桜さんがどうなってもいいのですね？」

「嘘《うそ》!?　待ってザクロちゃん！　僕!?　僕なの!?　これはなんのアレなの!?」

「だ、だめ！　それ以上桜くんになにかしたら、ザクロちゃんでもぜったいに許さないから!!」

「どう……許さないのですか？」

ザクロちゃんは手袋に包まれた指を僕に向かってつうっと動かしました。

「え……なに？　あ……だ、だめッ！　それはだめ！　無理！　物理的に無理!!　お……ああああ!!　開かない！　開きっこない！　こんな……！　これはむしろ裂《さ》けちゃううううッ!!

あ……ぁぁぁあああぃぃい!! こんなロマンティックなポーズ……初めて!」

「だめぇぇ! だめ! 桜《さくら》くん! なにしてるの!? そんなのだめ!」

「いや……だめって言われても、タオルが勝手に僕を大胆《だいたん》に……!!」

「お願いザクロちゃん! 桜くんをこれ以上変なポーズにしないで! じゃないと……桜くんの中の変な素質が目覚めちゃうっ!!」

「桜さん……?」

ザクロちゃんはふっと目を細め、腕を組み言いました。

「無い無い無い! そんな素質もって無い!」

「降ろして、欲しいですか?」

「も、もちろんです!! 疑う気ですかザクロちゃん!!」

いいえ、とザクロちゃんは言い、顔を覆《おお》うベルトをこつこつと叩《たた》き、

「ならば桜さん、あなたがはっきり言ってください」

ドクロちゃんの妹は、僕の深いところをすくうようにその右の瞳で言うのです。

「あなたからおねえさまに『未来の世界に帰って欲しい』と言っていただきたいのです」

「ザクロちゃん……!?」

ドクロちゃんの高く、か細い声。

「……は、い?」

脳みそが、キリリと固まりました。

僕が……？

「桜さんも、このままおねえさまがこの世界にいれば、自分がどんなコトになってしまうかよくわかっていますよね？」

フラッシュバック。

そこにはあの教室、一人の女の子。

『……桜くんは、桜くんはこのままでいいの？』

静希《しずき》ちゃん。

『ドクロちゃんに生活をぼろぼろにされて……このままだと、とんでもないことになっちゃうよ？　それでもいいの？』

そして、僕を信じ切った、彼女の瞳。

呼吸をしていても胸が苦しくなる、そのマナザシ。

天使のわっか。

初めてドクロちゃんが僕に微笑《ほほえ》みかけてきた、あの日のコト。

「おねえさまも、桜さん本人に言われれば、あきらめて未来の世界に帰るでしょう」

『エスカリボルグ』がたてる風の唸《うな》り、熱い衝撃《しょうげき》。

そして、再生……

やがて訪れる、まだドクロちゃんが僕の側にいなかったあの日々……。

「ドクロちゃんが……」

僕は考えるまま、喋《しゃべ》っていました。

「ドクロちゃんが、未来の世界に帰っちゃったら、彼女はどうなるんですか……？」

「おねえさまは別の任務につくことになります。安心してください、おねえさまに関する記憶も、天使に関する記憶も人間からはすべてなくなりますから」

僕は驚いていました。まだ、これ以上、自分が驚けるコトに。

「それ、本当なの？　ドクロちゃん……」

「うん……」

ぜんぶ、ドクロちゃんとの思い出が、いままでの日々が、無しになる。

ドクロちゃんが頷《うなず》いたとき、僕の心に再び浮かび上がる、あの思い。

『もしも、ドクロちゃんが未来の世界から現れなかったら。もし、ドクロちゃんが未来の世界に帰ったら……』

そう……

いっそ、出逢《であ》っていなかったら。

僕はつり下げられていた天井《てんじょう》から、畳《たたみ》の上に降ろされました。

天使の少女が僕を見ました。

ドクロちゃんのカラダは細かく痙攣《けいれん》していました。下唇《したくちびる》を噛《か》み、縛《しば》られたまま僕を見つめあげています。

僕は視線を反《そ》らし、うつむいて身体《からだ》をさすり、たちあがり、

「ドクロちゃん……」

震える声に、返答は無し。

「……最初から、僕は思ってたんだ」

言葉に呼応《こおう》。想いは溢《あふ》れ順序を失い、それは僕を突き破ります。

「なんだよこいつ、どこが天使なんだよって」

彼女の瞳から、いつもの光が弾けて消えました。

「いっつも……」

僕は鼻をすすり、

「いっつも、ドクロちゃんはなにもしないで家でごろごろしてるし、なにか始めたと思ったら僕の邪魔ばっかりだし、僕が楽しみにとっておいたアイスは必ず食べられてるし、それに、僕をバットで撲殺《ぼくさつ》するし……！ そんなので激しく殴打《おうだ》されたら死ぬよ普通!! もう最悪だよ。

ドクロちゃんが来てから、うまくいったものなんかなに一つ……」

ドクロちゃんの胸が、呼吸でふくらみました。

「さくらくん……」

ドクロちゃんのそんな小さな声を、僕は初めて聞きました。

「だから……」

ドクロちゃんの顎《あご》が下がり、前髪が彼女の瞳を隠《かく》します。

「未来の世界に……」

僕はきちんと言いました。

「だからいまさら、未来の世界に帰っちゃうなんて反則だよ、ドクロちゃん」

僕はさらに続けます。

「ねえ、そうだよ……僕が未来の世界で変な発明しなければいいんでしょ？　しないよ絶対……誓《ちか》う、誓うよ！　この青い空や白い雲、緑溢《あふ》れる美しい森……そう、僕はこのかけがえのない宇宙船地球号にかけて誓う！　僕は絶対に女の子の年齢《ねんれい》を十二歳《さい》で止めちゃうような発明はしない!!　だから帰らなくていいでしょ!?　なんだったら僕、ゲイになるよ！　がんばるよ！　二丁目二丁目!!　ね？　だから、だからおねがい……!!」

気がついたのです。

僕がドクロちゃんに笑いかけたのは、

「もっと一緒に、僕とあそぼう？」

　これが初めてだったのです。

「おねえさま」

　つぶやいたのはザクロちゃん。

「桜《さくら》さんは、このように言っています」

　彼女は押し黙ったままのドクロちゃんに振り返ります。

「わたくしは、桜さんがそんな風におねえさまのコトを考えていたなんて知りませんでした。わたくしはてっきり……」

　言葉を飲み、

「わかりました。では、今回は……」

　そして、ふっと表情をくずし、ドクロちゃんに言うのです。

「帰りましょう、おねえさま。未来の世界へ」

「ええええ!?　ちょっと待って!?　違うよ！　伝わんなかった!?　聞き取れて無いよこのヒト!!　僕はドクロちゃんにいて欲しいって言ったんだよ!?　ねえ僕の想いは伝わらなかった!?　ねえちょっとザクロちゃん!?　バッグに荷物を詰めるその手を止めて！　ちょっと!!　ねえってば！」

　かすれた声。

「行かない……」

それはドクロちゃんの、表情の無い唇《くちびる》から、

「いや！　ボクは行かない！　帰らない！　ここにいる！　絶対ここにいる!!」

「帰るのです!!」

ザクロちゃんは暴れだすドクロちゃんを羽交《はが》い締めにして、立ち上がり、

「いや……いやあああ!!　離して！　離してザクロちゃん!!　いやだ！　忘れられたくない!!

ボクは、ボクは桜《さくら》くんに……！」

引き出しの中にカラダを放り込むように、ザクロちゃんは消えさり、

「ドクロちゃん……!!」

天使の少女の瞳が僕の目に映りこみ、

「待ってドクロちゃん!!　僕は絶対にドクロちゃんのコトを……！」

「桜くん!!　離して……！　いやぁぁぁ……!!!　……ッ」

そしてザクロちゃんに引きずられるようにドクロちゃんが引き出しの中に消えたとき、
そこからは立ち上る光も、大気をとどろかす轟音《ごうおん》も、なにもありませんでした。

まるで音楽を奏でていたスピーカーの電源を唐突《とうとつ》に落とした時のように。

ただ、断ち切るかの如《ごと》く。

ドクロちゃんの叫びは途切れたのです。

そして頭の中だけの余韻《よいん》が散っていって、

「ドクロちゃん……」

僕は机に寄ります。

「ねえ、ドクロちゃん？」

引き出しをのぞき込みました。

机の中にはノートや古びた教科書、そして変色したプリントがぎっしりと詰まっていました。

「本当に帰っちゃったんだ……」

僕は、机の前に膝《ひざ》をついて、言いました。

「本当に……未来の世界に……」

その答えのかわりに、一階から部屋にいる僕を呼ぶ、お母さんの声が届きました。

『桜、夕ご飯よー。早くおりてきなさい』

僕は……。

★

『桜、夕ご飯よー。早くおりてきなさい』

「はーい！」

僕は階段の下にいるであろう、お母さんに聞こえる声で返事をしました。

そして、立ち上がろうとして、
立ち上がれませんでした。

「あれ……?」

そう言えば、部屋の電気もついていません。息が苦しい気がしました。身体《からだ》が疲れ切ったように力が入りません。

僕はぬぐってから、頬《ほお》が濡《ぬ》れていることを不思議に思います。

机にすがりつくように立ち上がり、ふと、僕は開きっぱなしになっている引き出しに気がつきました。

再度、僕を呼ぶ母親の声。

僕はゆっくりと引き出しをしめ、階段を下りていきました。

★5★

「……てば、ちょっと、桜《さくら》くんてば!」

「ん……?」

「たれてるたれてる!!」

差し出されていたのは静希《しずき》ちゃんの右手、

「な……? は、うわぁ!!」

あわてて僕は自分の制服に視線を落とし……

「うーわわわわ……!」

「はいこれ、ハンカチ」

僕を見て笑う静希ちゃんの手には、色合い鮮《あざ》やかなソフトクリーム。

「ご、ごめん静希ちゃん!」

意識に戻ってくる喧騒《けんそう》、四人がけのテーブルに二人。

繁華《はんか》街《がい》の一本こっち側。カフェテラス、青い空。

「まったく……」

僕は静希《しずき》ちゃんの笑い声を聞きながら情けない気分になりつつ、貸してもらったハンカチで制服にたれたクリームをふき取ります。

「ふうん、巨峰《きょほう》もおいしいね」

「え……」

声に顔を上げれば、静希ちゃんは自分の手のひらをそっと舐《な》めています。

それは、さっき僕が垂らしてしまって、静希ちゃんがキャッチした、僕の、

「こんどはわたしも桜《さくら》くんの食べてる巨峰のやつにしよっと。……ん、どうかした？　桜くん」

「いや……う……うん」

どうしていいか戸惑《とまど》う僕の顔を、静希ちゃんが〈うーん〉といった面持《おも》ちで眺めます。

「うーん」

「な、なに？　静希ちゃん……」

静希ちゃんはのぞき込むように言いました。

「ねえ桜くん。悩み事でも、あるの？」

そして静希ちゃんは神経を集中して、ボクの表情の変化を見逃すまいと眉《まゆ》を寄せます。

ためらい、そして僕は観念します。

「いや、特に悩みとかはない、んだけど……」

「じゃあ、なに？　だって桜くん最近いつもぼおっとしてる」

僕は取り繕《つくろ》うようにぎこちない視線を静希ちゃんに返します。

「……静希ちゃんには言っても笑われない、かな」

「笑わない、笑わないから」

身を乗り出す静希ちゃん。

「ええと上手《うま》く、言えないんだけど……こうやって、ここに、いるでしょ？」

僕は自分がいるこのカフェテラスを指さします。

「桜くんと、私が？」

「うん。で……ここで、こんなに平和で穏やかな今が、なんというか、その、まるで夢のような感じで……」

「……？」

静希ちゃんは小首をかしげます。

「い、いや、だからね、こう……なんか今こうしてこんなところでなにも起こらず、安全にソフトクリーム食べていられるコトが、なんというか、信じられないいん、だよね……」

ふっと、静希ちゃんが僕から視線を外す気配。

「……？」

見れば、静希ちゃんは少し顔を赤くして、うつむいて自分のソフトクリームに口を付けています。

「え、なに？　なんか僕、変なこと言った!?」

「ううん、変じゃない……変じゃない、けど……」

「けど？」

「桜《さくら》くんて……意外と詩人……」

「詩人!?」

　僕は自分の言ったことを思い返し、

「あ、ああッ!!　ご、誤解だよ！　あ、あの、これはポエマーきどりの唐突《とうとつ》で回りくどい愛の告白とかそういうんじゃなくて……！」

「う、ううん、わかってる……」

　ゆっくりと心を落ち着けるみたいにうつむいたままこっちを向いてくれる静希《しずき》ちゃん。でも、その耳はまだ真《ま》っ赤《か》です。

「え、ええとね……これは……」

「あ……」

　静希ちゃんはなにかに耐えられないようにそのまま制服の袖《そで》をまくり、手首の時計をちらり。

「……そ、そろそろ時間、かも。面会時間って決められてるみたいだから、もう行かなきゃ」

「え……？　あ……そっか、う、うん、またね。おばさんによろしく」

「うん、今度は桜くんもお見舞いに来て？　お母さん喜ぶかも……だから」

静希ちゃんは立ち上がって、椅子《いす》を戻し、スポーツバッグを手に取り、

「じゃあ、またね」

ぱっと席を立ち、静希ちゃんはトレイを持ちあげます。

「静希ちゃん」

「なに？」

静希ちゃんの足が地面から離れる前に、僕は言います。

「ら、来週の土曜日って、暇《ひま》、かな」

小さく、首を左右にふる静希ちゃん。髪の毛の二つ縛《しば》りが揺れ、

「その日は月一の記録会なの」

静希ちゃんは陸上部。

「ごめんね、でも今日たのしかった。ばいばい、またね」

静希ちゃんはゴミ箱の上にトレイを戻して、一度だけこっちを向いて手を上げて、人混みの中に見えなくなってしまいました。

しゃくしゃくとコーンを噛《か》みながら、僕は立ち上がり、鞄《かばん》を拾い上げて歩き始めます。

深呼吸。ざわつく心を押さえ込み、僕は考えます。

……心配されてしまいました、静希ちゃんに。

もっとちゃんとしないとイケナイと自分でも思うのです。でもいつも、いつのまにか僕の心のどこかが、勝手に、僕を寂しくさせるのです。

僕は口の中のモノを飲み込み、そして月曜日のいつも通りのクールな静希《しずき》ちゃんを思い浮かべて、また少し寂しくなって歩調を早め、歩道に出ました。

「はぁ……。あ」

そして、僕がため息を吐《は》きながら、そっと人混みに身体《からだ》を反《そ》らした、その時でした。

右から重力。

「いは……ッ!?」

引きずり込まれました。ビルとビルのスキマの暗がり。転んでいたのは僕です。僕はすかさず言いました。

「す、すいません！　今日たまたまお金はッ！　ほら！　ジャンプしても小銭の音はしません！」

「ま、まってくださいですぅ!!　カツアゲとは違うんですよう！」

目の前にいたのは女の子。

「じゃあなんなんですか!?」

ただし、頭の両側にくるくるした羊《ひつじ》のツノ、そして動物のような金色の瞳の下には紫色のクマ。そしてゲルニカ学園の制服を着た女の子です。

不意に、ぎゅっと、なにかが僕の胸を締め付けます。思わず僕は言いました。

「ちょっと、それ以上近寄ったら大声をだしますよ!?」

「ひ、ひどいですぅ！　やっとみつけたんですよぅ!?」

珍妙《ちんみょう》な女の子はしかし、必死に僕の制服の裾《すそ》をつかみ離そうとしません。

「す、すいません、もしかして人違いじゃ……」

「草壁《くさかべ》……」

女の子の金の瞳がうるりと潤《うる》み、

「桜《さくら》くんですよぅ！」

「違います！」

「ちがわないですぅぅ！　やっとみつけたですぅぅ！」

女の子はそう言って、僕の肩越しを凝視《ぎょうし》し、

「は、はうぅぅぅぅ!!　静かにするですぅ!!」

その女の子は小声で叫び、僕の頭にのしかかるようにして両手を回し、口をふさぐのです。

そして、

「!?」

ダンスのパートナーと位置を変えるかの如く、ぐるっと僕はひねられ、押しつぶされたのです。

「しー！　動かないですぅ！」

僕とその女の子の身体《からだ》は、すっぽりとポリバケツの影に隠れるのです。

そして僕の混乱しまくった視界のスキマ、見える景色、そこに、

「……!?」

長身の女性。白の軍服。オレンジのラインが入ったタイトな制服に身を包み、左の顔反面をベルトのようなもので覆《おお》った女の人が荒い息であたりをうかがっているのです。

その時、
なにかが。

珍妙な少女に取り押さえられた僕の中のなにかが、さっきの胸を締め付けたモノの、もっと強いモノが僕の身体をごりっと蹴《け》り上げました。

「な……」

その混乱はなぜか、問答無用に僕の鼓動を早めます。

今、気がつきました。その女の子の頭上に、まるで天使のような光るわっかが。

金色の瞳、すごいクマ。女の子は言いました。

「監視《かんし》のザクロちゃんはサバトがなんとかしますぅ！　その間に桜《さくら》くんは……」

「え、ちょ、ちょっと！」

「もう未来の世界は大変なコトになってるんですぅ！　あの、あのアホ天使が……!!　また逆

ギレして……！」

「な、なんのコトを……」

「いいから、はやく家に戻るんですぅ！」

そして女の子はビルのスキマを抜けて行ってしまうのです。

そこには僕一人が残されました。

なにかが起こったのです。

僕の身体は今、心臓の脈と一緒にごうごうと鳴っています。

「やばい……」

決定的な、なにかが。

「なんかやばい、すごくヤバイ!!」

その時、心のどこかが暴れはじめ、僕の中にあったものは、たった一つ。

僕はせき立てられるように立ち上がり……

★

ザクロちゃんのベルトに覆《おお》われたその顔に、汗が浮びます
「桜さんを、今見失うわけには！」

ほんの一瞬目を離しただけで、監視《かんし》対象を見失ったザクロちゃんは、立て続けに起こる予想外の展開にとまどっていました。

「どうすれば……」

草壁桜《くさかべさくら》はこちらには気づいていないことは確か。自分が見失うことはまずあり得ないのです。

「ザクロちゃん！　桜くんをみつけたですぅ！」

その声に、ザクロちゃんは振り返ります。

「サバトさん!?　なぜ今ここに」

「サバトも連絡を受けて桜くんを監視してたんですぅ！　いいから早くしないと逃げちゃいますぅ！」

「ど、どこですか!?」

「あっち！　桜くんはあっちですぅ！」

サバトちゃんは急《せ》き立てるように、一生懸命《いっしょうけんめい》に適当な方向を指さします。

「わかりました！」

人混みを分け、サバトちゃんの示す方へめがけてザクロちゃんは急ぎます。

「させませんよ、おねえさま！」

「サバトはこっちから回り込むですぅ！」

サバトちゃんはそのザクロちゃんの背中に向かって声をかけ、そして反対側で小さくなっていくもう一人の男の子の背中を見つけ、言うのです。

「今回……だけですよぅ」

手の中には、小さなプラスティックのフィギュア。

★

行くところまで行かなければ、この衝動《しょうどう》は収まらない。それだけはわかっていました。

いつもの交差点をつっきって、この電信柱を右に曲がって、綺麗《きれい》な庭のある家の前を通り抜け、もう一回右へ。あとはひたすらまっすぐ。

僕は玄関に転がり込むようにして靴を脱《ぬ》ぎ、はい上がるように階段を駆《か》け登り、自分の部屋のふすまを力任せにおもいっきり開け放ちました。

しゅぱん！

ずっと僕一人の部屋だったから。

そこには、ひとりの美少女。

黒みがかった銀髪、ふっくらとしていて、それなのにすっと筋の通ったふにふにのほっぺのまるで天使のような女の子。部屋の中ではちょうど僕と同じくらいの年齢《ねんれい》の、小柄《こがら》でめちゃめちゃ可愛《かわい》い少女が服を着替えていたのです。

「…………！」

「…………！」

お互いが違う理由で絶句したあと絶叫しました。

「さくらくぅんッ!!」

「うわああアアアぁぁぁあッ!?」

頭の上に金色に輝くわっかを浮かべた少女のカラダを包むのは小さな布だけ。よごれてすり切れた服を足下にまとわりつかせた少女は僕に向かって両手を伸ばし抱《だ》きついてきたのです。

「ちょ！　これは……ッ!!」

爆発寸前の太陽みたいなエネルギーをちっちゃなカラダに閉じこめたその天使は、僕の首に白い腕をまきつけて、ぎゃうっと密着。そんなドクロちゃんの感触に自我崩壊《じがほうかい》を起こさないように必死でガマンするのに……、

……ドクロ、ちゃん？

カーテンを思いっきり引きちぎって、一瞬で向こうの景色が飛び込んでくるみたいに。

僕の中でずっと行方《ゆくえ》不明だった最後の一ピースがはまりこみ、

「ド……」

僕は天使の白い肩をつかみ、

「ドクロちゃん……？」

「桜《さくら》くん!!　桜くん……!!」

「本当に、本当にドクロちゃんなの!?」

ドクロちゃんはコクコクと頷《うなず》きまくり、

「ほんとうだよ!!　ボクだよ！　ボク、この世界に帰って……！」

天使の少女は僕の手をそっと引きはがし、一歩離れてくるっと僕に実在を確かめさせるみたいにくるりと回ってうるうると微笑《ほほえ》むのです。

僕はそれをまじまじと見て、言いました。

「本当に、ドクロちゃんだ!!　ほ、本物だ！」

「へぅ？」

少女は、僕が釘《くぎ》付けになっている自分のその無防備すぎるカラダを見て、

「……い、いやぁぁぁぁ!!」

びゅぼんッ!!

少女の片手により音速一歩手前まで加速された鋼鉄のとげとげバット『エスカリボルグ』に触れた僕の首は、芸術的なまでに破裂《はれつ》します。

破片は濃《こ》い血煙《ちけむり》と同じ、霧雨《きりさめ》のように部屋を等しく紅《あか》く染めました。頭の無い僕が音を立ててドクロちゃんの隣に倒れます。

ドクロちゃんはその中、恥ずかしさに表情をゆがめて急いでシャツを拾い、ボタンを一生《いっしょう》懸命《けんめい》とめて、ジャンプしながらズボンをはき、くつしたをはいて立ち上がってエスカリボルグを振り回そうとしたら、くつしたを裏表反対にはいちゃったことに気がついて一回脱《ぬ》いではき直してからエスカリボルグを振り回しました。

ぴぴるぴるぴるぴぴるぴー♪

魔法の輝きに包まれた赤い粒子《りゅうし》や白いモノが〈しゃあああぁぁ〉と首の上に集まって固まると僕の頭になりました。

僕はかまわず立ち上がり、その天使のわっかに、そのきらきらした瞳に、言いました。

「おかえり、ドクロちゃん！」

ドクロちゃんは僕を見上げ、きゅっと結んでいたくちびるをひらき、

「……ただいま桜《さくら》くんッ!!」

僕の名前は草壁《くさかべ》桜。つい最近まで、僕はどこにでもいる、いたって普通の中学二年生でした。

彼女、天使のドクロちゃんが来るまでは。

――これは、ごく普通のニンゲンである僕と、ちょっぴりあわてん坊だけど、僕の大好きなドクロちゃんが繰り広げる、愛と勇気と希望が巻き起こす流血沙汰《ざた》な物語。

★おわり★

あとがき

どうもはじめまして、おかゆまさきと申します。

本作『撲殺《ぼくさつ》天使ドクロちゃん』は、小説誌「電撃ｈｐ」の20号に掲載《けいさい》された第一話と、21号に掲載された第二話、そこへ書き下ろしの第三話と最終話をくっつけて文庫にしたモノです。

ということで「電撃ｈｐ」でお会いしたコトのある読者のみなさん、おひさしぶりです！

この小説は〈第二回　電撃ｈｐ短編小説賞〉に応募したのが最初でした。

思い返せば、結果発表の紙面で自分の作品が第二次審査通過作品の中に混入されているのを発見したことが、事件の始まりだった気がします。

『ちょっとお話がありますので、編集部まで来てください』

突然、一本の電話でメディアワークスの七階の一室に召還《しょうかん》された僕は、編集者の方にこう言われるのです。

「この小説を『電撃ｈｐ』に掲載しようと思っています」

と。

もちろん僕はびびりました。編集部の方は続けます。

「編集部の意見がまっぷたつに割れまして、この『撲殺天使ドクロちゃん』をｈｐに掲載してみようと思うのです」

「は、はぁ……」

「しかしですね、このままでは色々な意味で商業誌には載《の》せられないので、ここところここところとここと（中略）ここと、あと、ここを書き直してみてください」

「え……あの、すいません、これ……、●●●が◇◇はだめなんですか……？」

「それは訴えられる可能性があります」

「☆☆が※※※※っていうのは、このままの方が……」

「……おかゆさんはデビューしたくは無いんですか……？」

がんばって書き直しましたよ僕は……！

そしていざ雑誌に掲載。

編集部には幸いにも、予想を遥《はる》かに上回る評価（と、それと同じくらいの苦情）が届きました。というわけでこうしてドクロちゃんが文庫化できたのも、応援してくださった読者の皆さんのおかげなのです。本当に感謝です！　これからもこんな作者をよろしくおねがいします。

それでは感謝の気持ちを保ちつつ、このままスペシャルサンクスになだれ込みますね！

僕をここまで引っ張ってくださった担当の三木《みき》さん、和田《わだ》さん。お二方《ふたかた》のご英断がなかったら、この『撲殺天使ドクロちゃん』はあり得ませんでした。深い感謝を。……いえいえそう言わずに、これからもよろしくお願いします。

それから、有形無形《ゆうけいむけい》のお力添えでこの小説を支えてくださった編集部の皆様。ありがとうございます。

本当に感謝しているのですが、電話の応対をしてくださる編集部の方々が、三木さんに僕のコトを、

「おかゆさんて普通のヒトだったんですね」

と、びっくりしたように言うのはなんでですか……？

いつもラブリーキュートなイラストを描いてくださるとりしもさん。きついスケジュールの中、本当にありがとうございます。編集部からもらったドクロちゃんのラフ画、机の上のフォトフレームに入れて飾っていたのを昨夜、妹に見つかりました。

個人的な所では、電網の世界『G』の御前様《ごぜんさま》。そして九人の騎士様《きしさま》とメイツのみなさん。いつも暖かい声援をありがとうございます。お願いですからこの本を読んだ後、僕をアクセス制限とかしないでください。

著者近影のチョコのおまけシール風ドクロちゃんを描いてくれた暁《あかつき》さん。今後、暁さんには僕がご飯《はん》をおごり続けるコトでしょう。

忘れてはいけない、地元の友人各位。スバラシいインスピレーションを与えてくれたり、実

験台になってくれてありがとう。

そしてこの本を手にとってくださったあなた。おかゆはあなただけが頼りです。アンケートとかファンレターとか送ってもらえると、僕達は再び、ぴるぴるできるかもしれません。

それでは、またみなさんにお逢《あ》いできることを夢見つつ。

二〇〇三年四月某日　自室にて

本書に対するご意見、ご感想をお寄せください。

■

あて先

〒101-8305 東京都千代田区神田駿河台1-8 東京YWCA会館
メディアワークス電撃文庫編集部
「おかゆまさき先生」係
「とりしも先生」係

■

電撃文庫

撲殺天使《ぼくさつてんし》ドクロちゃん

おかゆまさき

発　行　二〇〇三年六月二十五日　初版発行
二〇〇四年四月　三十　日　八版発行

発行者　佐藤辰男
発行所　株式会社メディアワークス
〒一〇一-八三〇五　東京都千代田区神田駿河台一-八
東京YWCA会館
電話〇三-五二八一-五二〇七（編集）
発売元　株式会社角川書店
〒一〇二-八一七七　東京都千代田区富士見二-十三-三
電話〇三-三二三八-八六〇五（営業）
装丁者　荻窪裕司（META+MANIERA）
印刷・製本　加藤製版印刷株式会社
落丁・乱丁本はお取り替えいたします。
定価はカバーに表示してあります。
Ⓡ本書の全部または一部を無断で複写（コピー）することは、著作権法上での例外を除き、禁じられています。
本書からの複写を希望される場合は、日本複写権センター（☎03-3401-2382）にご連絡ください。

© 2003 OKAYU MASAKI
Printed in Japan
ISBN4-8402-2392-0 C0193

電撃文庫創刊に際して

文庫は、我が国にとどまらず、世界の書籍の流れのなかで〝小さな巨人〟としての地位を築いてきた。古今東西の名著を、廉価で手に入りやすい形で提供してきたからこそ、人は文庫を自分の師として、また青春の想い出として、語りついできたのである。

その源を、文化的にはドイツのレクラム文庫に求めるにせよ、規模の上でイギリスのペンギンブックスに求めるにせよ、いま文庫は知識人の層の多様化に従って、ますますその意義を大きくしていると言ってよい。

文庫出版の意味するものは、激動の現代のみならず将来にわたって、大きくなることはあっても、小さくなることはないだろう。

「電撃文庫」は、そのように多様化した対象に応え、歴史に耐えうる作品を収録するのはもちろん、新しい世紀を迎えるにあたって、既成の枠をこえる新鮮で強烈なアイ・オープナーたりたい。

その特異さ故に、この存在は、かつて文庫がはじめて出版世界に登場したときと、同じ戸惑いを読書人に与えるかもしれない。

しかし、〈Changing Time, Changing Publishing〉時代は変わって、出版も変わる。時を重ねるなかで、精神の糧として、心の一隅を占めるものとして、次なる文化の担い手の若者たちに確かな評価を得られると信じて、ここに「電撃文庫」を出版する。

1993年6月10日
角川歴彦

電撃文庫

桜色BUMP シンメトリーの獣

在原竹広
イラスト／GUNPOM

ISBN4－8402－2328－9

アンティーク店の主人が殺されたことをきっかけに学校内で起こる殺人事件。高山桜子はその謎を究明することになるのだが。期待の新人が贈る学園ミステリー。

あ-14-1 0777

桜色BUMPⅡ ビスクドールの夢

在原竹広
イラスト／GUNPOM

ISBN4－8402－2388－2

身の回りに起こった連続行方不明事件。老舗の人形店『モクシン堂』が、事件に深い関わりを持つことに、桜子はひとり気づくのだが……!? シリーズ第2弾！

あ-14-2 0798

学校を出よう！ Escape from The School

谷川 流
イラスト／蒼魚真青

ISBN4－8402－2355－6

超能力者ばかりが押し込まれた山奥の学校。ここに超能力など持ってないはずの僕がいるのは、すぐ隣に浮かんでいる妹の〝幽霊〟のせいであるわけで――！

た-17-1 0784

クリスタル・コミュニケーション あなたの神様はいますか

あかつきゆきや
イラスト／ぽぽるちゃ

ISBN4－8402－2394－7

「あなたが水晶色だから、私はあなたと時間を共有したいのです」そんな言葉から その恋は始まった――特別な力を持つ少女とのはかない恋愛ストーリー。

あ-15-1 0804

撲殺天使ドクロちゃん

おかゆまさき
イラスト／とりしも

ISBN4－8402－2392－0

ぴぴるぴるぴるぴぴるぴ～♪ 謎の擬音と共に桜くん（中学二年）の家にやってきた一人の天使。……その娘の名前は、撲殺天使ドクロちゃん!?

お-7-1 0802

電撃文庫

吸血鬼のおしごと The Style of Vampires
鈴木 鈴
イラスト／片瀬 優
ISBN4－8402－2072－7

吸血鬼に使い魔の猫に幽霊少女にシスター。個性豊かなキャラたちが繰り広げる面白おかしい日常を描く。第8回電撃ゲーム小説大賞〈選考委員奨励賞〉受賞作！

す-5-1 0658

吸血鬼のおしごと2 The Style of Servants
鈴木 鈴
イラスト／片瀬 優
ISBN4－8402－2143－X

月島亮史の前に現われた美人吸血鬼姉妹。〈蜘蛛〉の痕跡を辿って湯ヶ崎町を訪れた彼女たちの真の目的とは……!? いきなり大人気のシリーズ第2弾が登場!!

す-5-2 0688

吸血鬼のおしごと3 The Style of Specters
鈴木 鈴
イラスト／片瀬 優
ISBN4－8402－2190－1

幽霊少女・舞の孤独を救ったのは、同じく幽霊のカズマ。しかし、彼の正体は、幽霊の魂を狙う〈魂食〉だった。その時亮史は……!? 大好評シリーズ第3弾。

す-5-3 0721

吸血鬼のおしごと4 The Style of Mistress
鈴木 鈴
イラスト／片瀬 優
ISBN4－8402－2271－1

湯ヶ崎を去ることを決心した亮史を捕獲するべく、組織が本格的に動き出した。そしてついに、亮史の過去を知る上弦が姿を現す。大好評シリーズ第4弾！

す-5-4 0754

吸血鬼のおしごと5 The Style of Master
鈴木 鈴
イラスト／片瀬 優
ISBN4－8402－2387－4

冷酷かつ残忍な吸血鬼本来の戦闘本能を楽しむかのように、組織の部隊を追いつめる亮史。しかしその一方で、レレナの身に最大の危険が迫っていた。第5弾!!

す-5-5 0797

電撃文庫

ドラゴン・パーティ① 星空に伸ばせ希望の手

中里融司

イラスト／辻田大介

ISBN4－8402－1492－1

人類最後の切り札、超巨大ドラゴン型機動宇宙兵器『魁龍』起動の鍵は、一人の少年とロボットの少女に託された!! 中里融司渾身の新シリーズ第1弾登場！

な-2-9 0558

ドラゴン・パーティ② 永久図書館の家なき娘

中里融司

イラスト／辻田大介

ISBN4－8402－1879－X

《敵》の情報……そして食料を求め、金星宙域に隠された研究衛星《ボルヘスの図書館》を目指す優たち《魁龍》一行が目にした物とは……。シリーズ第2弾！

な-2-10 0576

ドラゴン・パーティ③ 痛みを生む者たち

中里融司

イラスト／辻田大介

ISBN4－8402－1994－X

地球に帰還した《魁龍》一行が目にしたのは、ロボット排斥派によって破壊されるロボットの姿だった。人と機械の絆を守るべく、真魚たちは立ち上がるが……。

な-2-11 0620

ドラゴン・パーティ④ 天龍、宇宙に在り

中里融司

イラスト／辻田大介

ISBN4－8402－2073－5

《敵》の手に落ちたティアマトー級最新鋭艦《天龍》に対し、真魚たちは《魁龍》で出撃した。人類の命運を懸け、巨大なドラゴン型機動兵器同士が激突する！

な-2-12 0655

ドラゴン・パーティ⑤ 戦火に歌え戦星

中里融司

イラスト／辻田大介

ISBN4－8402－2163－4

傷ついた《魁龍》と《ティアマトー》に、シヨウが操る《天龍》の牙が迫る！ そして遊星《パンドラ》の管理者フラワシが語る人類と《敵》の秘密とは!?

な-2-13 0703

電撃文庫

ドラゴン・パーティ⑥ 星の彼方の狂戦士

中里融司
イラスト／辻田大介
ISBN4-8402-2256-8

《魁龍》と《天龍》の猛攻により、火星基地は壊滅した。人類の命運を掛け、《敵》の本拠に乗り込むべく太陽系を後にした彼らが出会ったものは……。

な-2-14 0743

ドラゴン・パーティ⑦ 星空に舞え命たち

中里融司
イラスト／辻田大介
ISBN4-8402-2391-2

真魚は破壊され、優の手には記憶素子だけが遺された。真魚再生のため、そして《敵》本体を倒すため、優はある決断をするが……。人気シリーズ堂々完結!!

な-2-15 0801

AHEADシリーズ 終わりのクロニクル①〈上〉

川上 稔
イラスト／さとやす(TENKY)
ISBN4-8402-2389-0

10の異世界との概念戦争が終結して60年……。そして今、最後の存亡を賭けた〝全竜交渉〟が始まる！ 川上稔が放つ待望の新シリーズ、いよいよスタート！

か-5-16 0799

シルフィ・ナイト

神野淳一
イラスト／成瀬裕司
ISBN4-8402-2327-0

敵の夜間爆撃を迎え撃つ夜間戦闘機部隊に着任した新兵は、妖精族の生き残りの少女だった——。第9回電撃ゲーム小説大賞〈選考委員奨励賞〉受賞作。

か-11-1 0783

シャープ・エッジ stand on the edge

坂入慎一
イラスト／凪良(nagi)
ISBN4-8402-2326-2

育ての親ハインツを殺された少女カナメ。複雑な想いを胸に秘め、そして彼女はナイフを手にとった——。第9回電撃ゲーム小説大賞〈選考委員奨励賞〉受賞作。

さ-7-1 0781

電撃文庫

スターシップ・オペレーターズ①

水野 良
イラスト・キャラクターデザイン／内藤隆　メカデザイン／山根公利

ISBN4－8402－1762－9

新鋭宇宙艦に乗り組む若きクルーたちは己のすべてを賭け、星の大海へと旅立つ。銀河ネットワークのライブと共に。極上のスペースファンタジーここに開幕。

み-1-16　0537

スターシップ・オペレーターズ②

水野 良
イラスト・キャラクターデザイン／内藤隆　メカデザイン／山根公利

ISBN4－8402－1976－1

最新鋭宇宙戦艦〝アマテラス〟を駆り、軍事国家〝王国〟打倒を目指す若きクルーたち。亡命政権の長を受け入れた彼らに、最新鋭のステルス艦が迫る。

み-1-19　0607

スターシップ・オペレーターズ③

水野 良
イラスト・キャラクターデザイン／内藤隆　メカデザイン／山根公利

ISBN4－8402－2113－8

惑星国家シュウに寄港した彼等を待ち受けていたものは、盛大な歓迎と敵国からの宣戦布告だった。国家間の思惑が絡み合う中、4隻の宇宙戦闘艦が迫る。

み-1-20　0684

スターシップ・オペレーターズ④

水野 良
イラスト・キャラクターデザイン／内藤隆　メカデザイン／山根公利

ISBN4－8402－2255－X

王国とアマテラスとの戦闘は激化。短距離跳躍を武器に近接戦闘を挑むドラゴンフライが襲いかかる。水野良が贈るスペースファンタジー待望の第4弾！

み-1-21　0742

アンダー・ラグ・ロッキング

名瀬 樹
イラスト／かずといずみ

ISBN4－8402－2390－4

きれいな夕焼け、草原を渡る風、月明かりに浮かぶ船、ゆるやかに続く戦争。14歳の狙撃兵・春と雪生の辿り着く先には……。第2回電撃hp短編小説賞受賞作。

な-10-1　0800

電撃ゲーム小説大賞
目指せ次代のエンターテイナー

『クリス・クロス』（高畑京一郎）、
『ブギーポップは笑わない』（上遠野浩平）、
『僕の血を吸わないで』（阿智太郎）など、
多くの作品と作家を世に送り出してきた
「電撃ゲーム小説大賞」。
今年も新たな才能の発掘を期すべく、
活きのいい作品を募集中！
ファンタジー、ミステリー、
SFなどジャンルは不問。
次代を創造する
エンターテイメントの新星を目指せ!!

大賞＝正賞＋副賞100万円
金賞＝正賞＋副賞50万円
銀賞＝正賞＋副賞30万円

※詳しい応募要綱は「電撃」の各誌で。